AF553327

झारखंड के अनजाने खेल

झारखंड के अनजाने खेल

(लोक-जीवन के विलुप्त खेलकूद)

डॉ. मयंक मुरारी

ग्रंथ अकादमी, नई दिल्ली

प्रकाशक : ग्रंथ अकादमी,
भवन संख्या-19, पहली मंजिल, 2, अंसारी रोड, दरियागंज, नई दिल्ली-110002
 / संस्करण : 2024 / मूल्य : दो सौ पचास रुपए
मुद्रक : आर टेक ऑफसेट प्रिंटर्स, दिल्ली ISBN 978-93-86870-65-0

JHARKHAND KE ANJANE KHEL

by Dr. Mayank Murari ₹ 250.00

Published by **Granth Akademi,** Building No. 19, First Floor
2, Ansari Road, Daryaganj, New Delhi-110002

दादाजी को,
जिन्होंने लोक जीवन से परिचय कराया।

माई और पापा को,
जिन्होंने इससे सहभागी होने का अवसर दिया।

दोनों बेटियाँ—जीया व पीहू को,
जिनको बोलते व सीखते देखना सुकून देता है।

आत्मार्पण

नेतं खो सरणं खेमं नेतं सरणमुत्तमं।
नेतं सरणमागम्म सब्बदुक्खा पमुच्चति।। धम्मपद, 166

अर्थात्

मनुष्य वृक्ष के सामने झुके,
कि पहाड़ के सामने झुके,
कि नदी के सामने झुके, इससे क्या होगा।
मनुष्य बुद्धत्व के आगे झुके तो कुछ बात बने।
यही है झुकने योग्य शरण।

खेल कथा

जिंदगी कहाँ है ? सरल सा जवाब है—आसपास। आसपास, यानी लोक जीवन में, जहाँ रस और रंग भरपूर हैं। इसको खोजने एवं महसूस करने के लिए बस दिल चाहिए। आधुनिक शहरी जिंदगी में जब समय कम हो, हरेक बात का लेखा-जोखा किया जाता हो, तब एक धप्पा मारने की जरूरत है। कहानियों में, भूली-बिसरी गलियों में, बच्चों के कोलाहल में, मैदान में खेलते-कूदते बच्चों के चेहरों में, पुरानी यादों में, दोस्तों में, गाँव एवं शहर की गलियों में। यह जीवन खेल है। यहाँ चप्पे-चप्पे पर खेल जारी है। खेल जीवन का, खेल अपना।

जो खेल अपना है, अपनों को जोड़ें, पराए को अपना बनाए, वही लोक खेल है। यही भारतीय जीवन का खेल है, जो जीवन के साथ शुरू हो जाता है। जीवन में खेल कथा की निराली कहानी है। एक बार पुन: स्मरण कीजिए—घर-परिवार के किसी दो-तीन साल के छोटे बच्चे को। वह घर से बाहर निकलता है, किसी विस्मय के काल में वह मुँह से एक ध्वनि निकालता है। वह स्वर के साथ चिल्लाता है। हथेली को मुँह के पास बार-बार ले जाता है। जीभ को उलटा-सीधा करता है और साँस में अवरोध पैदा करने का प्रयास करता है। इस खंडित ध्वनि से बच्चों को आनंद मिलता है। वह इसे बार-बार दोहराता है। इस खेल का कोई नाम नहीं है। लेकिन हमारी भारतीय परंपरा में यह जीवंत है। इतना जीवंत कि चिंताकुल वयस्क या बूढ़ा व्यक्ति भी खाली समय में मुँह से विविध स्वर

निकालकर अपना मनोरंजन करता है। लोक खेल हमें बहुत भोले एवं शांत तरीके से खेल में शामिल करते हैं।

आज खेल के राज्य को देखिए, सबसे ऊँचे आसन पर क्रिकेट विराजमान है। ऐसे में गुलजार की एक कविता याद आती है—

जब मैं छोटा था,
तब खेल भी अजीब हुआ करते थे,
छुपन-छुपाई, टाँग, पोशम-पो, टिप्पी, टीपी टाप
अब इंटरनेट ऑफिस से फुरसत ही नहीं मिलती,
शायद जिंदगी में हम सिर्फ भाग रहे हैं,
कुछ रफ्तार धीमी करो, मेरे दोस्तो।

जिंदगी के उत्साह और सपनों से भरा बचपन पीछे छूट गया, तो उसकी यादें, शरारतें हमारा पीछा करती हैं। यादों के इस कारवाँ से बचपन का जो चित्र उभरता है, वह अब कहीं नहीं दिखाई देता। वक्त के साथ बहुत बदल गया है बचपन। दिन-दिन भर की धमाचौकड़ी, तरह-तरह के खेल और छोटी-छोटी तकरारें। बच्चों के वैसे झुंड भी कहीं नहीं दिखते। आपसी प्यार-सद्भाव से भरे वे खेल ही अब खत्म हो गए, उनके बदले आ गए, प्रतियोगिता, हार-जीत और गलाकाट स्पर्धा वाले खेल।

आज न मैदान है, और न ही कबड्डी की धमाचौकड़ी। "चल कबड्डी आस लाल, मर गए प्रकाश लाल, उनकी मूँछें लाल…" छू जाने से कौन मर गया और कौन जिंदा है, इस पर अकसर विवाद हो जाया करता। बात मारपीट से लेकर घर-परिवार में उलाहने तक पहुँच जाती थी। कबड्डी की धर-पकड़ के अलावा सेवन टाइल्स, यानी पिट्टो का खेल भी निराला होता था। दो समूहों के बीच खेले जानेवाला यह खेल बच्चों की खूब कसरत करवाता था।

अगर इन खेलों से मन नहीं भरा तो 'आइस-पाइस' और 'गुल्ली डंडा' का खेल दिल और दिमाग को रस तथा रंग से भर देता था।

'आइस-पाइस' के खेल में कौन कहाँ छिप गया, पता लगाना मुश्किल हो जाता। घर से मैदान और बगीचा तक के विशाल क्षेत्र में इसको खेला जाता। खेल के दौरान अगर दिखाई पड़ गए तो तपाक से आइस-पाइस कहकर उसे मरा हुआ मान लिया जाता। अपने को छिपाने के लिए कोई घनी झाड़ी के अंदर दम साधकर बैठ जाता तो कोई किसी गड्ढे में उकड़ू बैठकर। बच्चे लंच टाइम में स्कूल के अंदर भी यह खेल खूब खेलते और जैसे ही लंच टाइम खत्म होने की घंटी बजती, जो जहाँ छिपा होता निकलकर अपनी कक्षा में चला जाता। 'आइस-पाइस' से मन भर जाता तो खेलों की पूरी च्वॉइस और विकल्प होते थे। एक से मन नहीं भरा, तो दूसरा और तीसरा। क्रम चलता रहता।

लोक जीवन में सावन मास तो खेलों का मौसम होता है। जब नदी-पोखर और खेत जल से लबालब भर जाते हैं तो मनुष्य का उल्लास आँगन-खेत की, नीम-आम की डाली में झूला बाँध देता है। ओल्हा पाती के रूप में वृक्ष पर लटक जाता है। आसमान में ऊपर पैंग भरने की कामना के साथ वह गा उठता है। लड़कियाँ रस्सी कूदती हैं, हाथों में मेहँदी रचाती हैं, पाँव में महावर लगाती हैं, कबड्डी में हाथ आजमाने की प्रतियोगिता शुरू हो जाती है, कागज की नाव की तैयारी के साथ वर्षा का मंगल गाने के लिए नंग-धड़ंग बच्चे गलियों में दौड़ पड़ते हैं—

'बरसो राम धड़ाके से बुढ़िया मर गई फाँके से'

मौसम और समय के पहर के हिसाब से भी किस्म-किस्म के खेल हुआ करते थे। जिससे न सिर्फ बच्चों का मनोरंजन होता, बल्कि इन खेलों के माध्यम से बच्चे बहुत कुछ सीखते भी थे। सिंह-बकरी, बारह गोटा, अठारह गोटा, चौबीस गोटा, चीठा मीठा आदि खेल भी काफी प्रचलित थे। गुल्ली डंडा जैसे खेल का तो कहना ही क्या। इन खेलों में शुरुआत के लिए 'टॉस' का भी रिवाज था। उन दिनों में 'टॉस' के लिए 'फत्ता' शब्द का प्रचलन मिलता है। फत्ता शब्द का उच्चारण पारंपरिक ग्रामीण

खेलों के आयोजन में किया जाता रहा है।

इन खेलों के अलावा कंचे और पिन्नियाँ खेलने और लट्टू नचाने का जोश अद्‌भुत होता था। स्कूल हो या कि घर, खेलप्रेमी बच्चों की जेबें रंग-बिरंगी गोलियों से भरी रहतीं। जहाँ कहीं दो-चार बालक जमा हुए और समय मिला तुरंत जमीन में 'गुच्चक' बना दी जाती और खेल शुरू हो जाता। लेकिन अब यह कंचे भी बचपन से दूर हो गए। अब शायद ही कहीं कंचे खेलते हुए बच्चे दिखे।

बचपन में लट्टू नचाने का नशा भी कम न था। कंचे खेलने से फुरसत मिली तो लट्टू नचाने में लग गए। तब दस-पंद्रह पैसे में अच्छा लट्टू मिल जाया करता था। लट्टू भी विविध आकार-प्रकार के होते थे। गोल लट्टू, अंडाकार और लंबे आकार के लट्टू। हर बच्चे के पास कई-कई लट्टू होते थे। अकसर लट्टू में लगी कील से जेब फट जाया करती, लेकिन इसकी चिंता किसे थी। गाहे-बगाहे घर में डाँट भी पड़ती, लेकिन लट्टू के आगे सब बेकार।

बैठकर खेले जानेवाले खेलों में चोर-सिपाही खेलना भी बच्चों को बहुत भाता था। इसमें परची बनाने के लिए कॉपी से कागज फाड़ने में बहुत मजा आता था। चार बच्चे राजा, मंत्री, चोर व सिपाही बन जाया करते। और फिर राजा के आदेश पर सिपाही को चोर की पहचान करनी होती। एक मजेदार खेल पानी में भी खेला जाता। इस पानी के खेल को 'लाल बहेड़िया' कहा जाता। यह किसी तालाब या नहर में खेला जाता।

लोक खेलों की अपनी एक अलग ही दुनिया है। अलग इसलिए कि शहरी लोग अनजाने में इनसे कटते गए हैं। मीडिया और आयोजकों की दृष्टि से भी यह बचे रहे। इस तरह लोक खेलों की परंपरा सिर्फ गाँव में ही बची रह गई है। इन खेलों में प्रतिस्पर्धा के आयोजनों की परंपरा नहीं रही तो पुरस्कार कहाँ से होते? अब तो स्थिति यहाँ तक पहुँच गई है कि बच्चे भी इसे दकियानूसी एवं पुराने खेल कहकर नकार देते हैं। ऐसे में

इन खेलों का स्मरण एवं लोगों की चेतना पर पुन: उसको लाना ही इस किताब का लक्ष्य है।

इस लक्ष्य को साकार बनाने के लिए प्रभात प्रकाशन समूह को धन्यवाद! उसके प्रबंध निदेशक पीयूष कुमार का भी धन्यवाद, जिन्होंने इस किताब के प्रकाशन की जिम्मेदारी ली। दरअसल पीयूषजी की कल्पना के कारण ही यह किताब मूर्त रूप ले सकी, अन्यथा कल्पना कभी साकार रूप धारण नहीं कर पाती।

शहर आने के बाद गाँव को भूल गया। शहर मेरे जीवन में समा गया, लेकिन हर शहरी चप्पे पर गाँव की आहट मिलती रही। जब गाँव जाता, तो रिश्तेदार समझाते थे कि राँची में रोजी, रोटी के खातिर बसे हो। घर तो छपरा ही है। यहाँ तुम्हारा वजूद है। उस दौरान दादाजी एवं सुभाष चाचा से लोक जीवन पर चर्चा में कई बातें दिमाग पर चिपक गईं। आज भी याद है, वे कहते थे—चारों दिशाओं से छपरा जिले की लोक देवता रक्षा करते हैं। ऐसा एक भी शहर नहीं है देश में। माई और पापा के माध्यम से लोक संस्कार को हरेक शाम की गप्पों में थोड़ा-थोड़ा ग्रहण करने की कोशिश करता। लोक खेलों के अनगिनत भाव किताबों के अक्षर, मैदान में खेलते बच्चों के चेहरों तथा दोस्तों एवं सहकर्मियों संग बातचीत में उभरकर आते। किताब के मूर्त रूप लेने में इन धप्पाओं का योगदान है।

अंत में। मेरी बेटियाँ जब बड़ी होकर इस किताब को पढ़ेंगी, तो बस इतनी ख्वाहिश है कि वे भी जीवन की पगडंडियों में रुककर धप्पा मारें। कागज की नाव के संग-संग मुट्ठी में बड़ी अंगुली खोजने के गूढ़ार्थ की परंपरा को अपनी संतति के माध्यम से आगे बढ़ाए। पाठक को अच्छा लगे, तो जिंदगी को लट्टू की तरह नचाए, खुद नाचे नहीं।

अंगुली सा गुमा गाँव

आओ फिर से खोजें जीवन, मारे उसे धप्पा
पापा बने कन्हैया और, घूमे हम चप्पा चप्पा

ईचक दीचक आँखमिचौली, बोली सारी गोटी
लट्टू, गिल्ली, डेंगा संग, भूल गए सब रोटी

लूडो, ताश, कबड्डी में, चोरी पर गौर कराए
दिन भर खेलें राजा मंत्री, और दौड़ लगाए

गोली, पिट्टो, ओकाबोका इतनी सारी च्वाइस
खुशियाँ खोजें लम्हों में, बोले आइस-पाइस

बारिश के पानी में बहाए, कागज की नाव
मुट्ठी में बड़ी अंगुली सा, गुमा अपना गाँव

अनुक्रम

लोक जीवन में खेलकूद

एक बार विद्यानिवास मिश्र से किसी ने पूछा कि यह लोक क्या है ? लोक जीवन का अर्थ क्या है एक सनातनी या भारतीय के लिए ? उन्होंने बताया कि लोक का सबसे लाक्षणिक अर्थ होगा लोक में जीवन चर्चा, जिसमें जीवन का सिखाया ज्ञान, जीवन और प्रकृति के सान्निध्य में सीख और रची गई संस्कृति और इस संस्कृति धारा में जीते और रचे गए साहित्य और कलारूप शामिल हैं। एक अर्थ में यह लोक संस्कृति जीवन की धन्यता, जीवन की जय और आनंद का मंगलगान है।

लोक जीवन में लोक कला, लोक रीति, लोक प्रथा, लोक गीत, लोक मान्यताएँ, लोक आचरण की तरह ही लोक के खेल जीवन और यथार्थ जो हमें चारों ओर से घेरे रहता है—उसमें हमारे होने का बोध देता है। उस सुदूर तक लोक खेल का क्षेत्र फैला है। भारत में लोक जीवन में खेलकूद का वास्तविक विस्तार यही है। जो जीवन में वस्तुएँ सुंदर हैं, माँगलिक हैं, वह लोक खेल में उपस्थित है। उसका उपयोग होता है। उससे जुड़ने का प्रयास किया जाता है। नदियाँ और कुओं का जल, खेत की मिट्टी, पेड़ के फूल और फल, लोकगीत, लोकाचार, कंकड़-पत्थर को खेल का सहभागी बनाना। इसके साथ ही लोक के द्वारा जो सर्वथा मान्य हो, उसे आचरण में स्वीकार करना। फणीश्वरनाथ रेणु ने लिखा है कि लोक खेल ही लोक जीवन की सफल और सजीव अभिव्यक्ति करते हैं। लोक खेल में हमारे पर्व-त्योहार, हमारे पूजा-अनुष्ठान, रीति-रिवाज

और हर्ष तथा शोक सबकुछ शामिल होते हैं।

पारंपरिक खेल पुराने जमाने की बात है। तब खेल अच्छा खेलने के लिए होता था। हार-जीत का उतना महत्त्व नहीं होता था, जितना अच्छा खेलने का। भलमनसाहत और सामनेवाले को पूरी तरह से बराबरी का मौका देते हुए खेलना और ऐसे खेलते हुए हार भी जाने से कोई दु:ख नहीं होता था, बल्कि बुरा तब मानना, जब सामनेवाले के छल या किसी धोखे से वह खेल प्रतियोगिता में कमजोर पड़ गया हो और इस कारण खेल में हार जाए। ऐसी जीत दो कौड़ी की एवं वैसी हार भी हीरा-पन्ना से कम नहीं होती है। खेल की चाहे कोई विधा हो, गाँववाले उससे अपरिचित नहीं थे। खेल चाहे शारीरिक विकास का हो या मानसिक विकास का। हरेक खेल को वे तन्मयता से खेलते थे। उनका शारीरिक खेल था, तो उनका मानसिक खेल भी था। एकदम मौलिक और उनके वातावरण से मिलता-जुलता। हल चल रहा है। झुंड-के-झुंड गाय-भैंस चारागाह में विचर रही हैं अथवा फसल की रखवाली हो रही है। ऐसे में खेत की मेंड़ पर, टीले पर या किसी वृक्ष की सघन छाया के नीचे बैठकर एक ग्रामीण सूत परेता, सूइया, गोटी या कोई अन्य प्रकार के खेल को रचता रहता। सामान कुछ नहीं, इतने संक्षिप्त कि जब चाहे, वह मिल जाएँ। खेल के बाद उसे लेकर भी कहीं नहीं जाना है, वहीं फेंक दिया। जमीन पर आड़ी-तिरछी, वर्गाकार, त्रिभुजाकार रेखाओं का खाना बनाकर गोटियों की मार होती। छत्तीस गोटी बैठती, तो उस खेल का नाम छत्तीसी, बत्तीस गोटी बैठती, तो उस खेल का नाम बत्तीसी होता। काम में भी हर्ज नहीं होता। लोक में खेल का नामांकरण भी बिरले अंदाज में होता है।

भारत में हर मौसम में कुछ उत्सव होते थे। इन उत्सवों के साथ जुड़े होते थे विविधरंगी खेल और मनोरंजन। पतंगबाजी का एक खास मौसम है, जो मकर संक्रांति के अवसर पर किया जाता था। रक्षाबंधन पर दंगल होता, तो दशहरा के समय लड़कियाँ झंझी खेलती थीं, तो लड़के

कबड्डी खेलते थे। शरद पूर्णिमा पर टेसू तो दीवाली के समय ताश का उत्साह होता था। होली पर रंगरास तथा गरमियाँ आते ही गुल्ली-डंडे का खेल शुरू हो जाता था। आधुनिक एवं पाश्चात्य खेल का समय निश्चित नहीं होता है, हालाँकि यह खेल ही उत्सव बन जाते हैं। यही इन खेलों की विशेषता है।

पारंपरिक खेलों की बौद्धिक एवं सामाजिक मान्यताएँ थीं। खेल कथा पर प्रेमचंद ने 'गुल्ली डंडा', 'बड़े भाई साहब', 'शतरंज के खिलाड़ी', विश्वंभर शर्मा कौशिक ने 'ताई', यशपाल ने उपन्यास 'दिव्या', रमाकांत ने 'बारहवाँ खिलाड़ी' नामक पुस्तकों की रचना की। अभी हाल में निखिल सचान का लोक जीवन पर आधारित एक कथा-संग्रह आया है, जिसका नाम है जिंदगी आइस-पाइस। जिंदगी में सीखने और सिखाने के लिए हमारे कथाकारों ने जो खेल कथाएँ दी हैं, उसमें खेल भावना को ही केंद्रीय विषय बनाया गया है।

जिस जमाने में खेल में ऐसे आदर्श एवं मूल्य थे, वह 19वीं सदी का भारत था। वह भारत जिसने अंग्रेजों के खिलाफ संघर्ष में भी कायदे से आजादी की लड़ाई लड़ी। कोई छल नहीं। आज की दुनिया में सफलता ही सबकुछ है और इसमें हारने की बात के लिए भी गुंजाइश नहीं है। अब तो खेल चैनल का टैग लाइन हो गया है कि अगर जीतना नहीं है, तो खेलना ही क्यों? यह जीवन भारत का नहीं है। भारतीय लोक जीवन में ऐसी बातों के लिए जगह नहीं थी। सदैव जीतने की बात उसी चिंतन का परिणाम है, जिसमें सर्वाइवल फॉर फिटेस्ट का नारा दिया गया था।

इस दुनिया में भारतीय लोक खेल एवं उसकी परंपरा के लिए जगह होगी, जहाँ अच्छा खेल खेलने के बाद हारने में भी शान समझी जाती है। एक उदाहरण। महात्मा बुद्ध सदैव खेल प्रतियोगिता में भाग लेते और तीरंदाजी में सही निशाना लगाते। लेकिन जब विजयी होने के लिए तीरंदाजी होती, तो जानबूझकर गलत निशान पर तीर छोड़ देते थे।

वे घुड़सवारी प्रतियोगिता में भाग लेते और सबसे आगे होते थे। लेकिन जब विजय स्तंभ को पार करने का क्षण आता, तो पीछे हो जाते थे। यह भारतीय मानस है। आज भी यादें शेष हैं। बचपन की वो लंबी साइकिल रेस, स्कूल से साइकिल को एक हाथ से पकड़े दूसरे हाथ में बर्फ का गोला खाते घर पहुँच जाते थे। नहर में तैराकी की रेस, पेड़ पर ओल्हा पाती और रात में थककर चूर घर आना। जहाँ पर पापा की डाँट पड़ती। यह लड़का जीवन में कुछ नहीं करेगा, और माँ चुपके से देह-पैर में तेल मलती रहतीं। लगता है कि जीवन की यात्रा में व्यक्ति बचपन से युवा ही नहीं हुआ, बल्कि उसके साथ उसके देखने एवं जीवन को समझने के प्रतिमान बदल गए। आज भी गरमी के दिन में लँगड़ी टाँग, छुपन छुपाई, शिकंजी, नींबू-पानी, राजन-इकबाल के उपन्यास की याद जेहन में आती रहती है।

भारत में परंपरागत खेलों का क्षेत्र अत्यंत विस्तृत है। जन्म से लेकर मृत्यु तक नर, नारी, बच्चे, बुजुर्ग व जवान सभी के लिए खेल के कई प्रकार उपलब्ध रहे हैं। खेल के माध्यम से जन जीवन के सभी पक्षों को समाज के सामने रखने की कला भी इसमें समाहित रहती है। खेलों के माध्यम से जीवन के विविध रूपों एवं उसके रंगों को बताया एवं समझाया जाता है। चाहे जीवन दर्शन की बात हो या मृत्यु या अमरता की, जन्म की बात हो या संघर्ष की या सफलता की। सभी पक्षों को खेल-खेल के माध्यम से समाज के समक्ष प्रस्तुत किया जाता है। परंपरागत खेल रोने, हँसने, बोलने-चलने, खाने-पीने सबसे जुड़े हैं। खेल के विभिन्न प्रकार हैं और विविध भाव भी हैं। कुछ खेलों में शरीर की हलचल है तो कुछ खेलों में बुद्धि की हलचल है। स्पर्द्धा, संग्राम, मनोरंजन, सुरक्षा, बौद्धिकता, स्वास्थ्य, स्मरणात्मक ज्ञान, स्नायु तथा इंद्रिय विकास आदि का खेलों के माध्यम से सशक्तीकरण होना भी परंपरागत खेलों की विशेषता रही है। भारतीय खेल एवं इसकी अभिव्यक्ति के विभिन्न माध्यम तथा अवस्था

को संपूर्ण जीवन दर्शन के रूप में स्वीकार कर सकते हैं।

हमारे जन्म से पारंपरिक क्रीड़ाओं की परिपाटी शुरू हो जाती है। इसके साथ ही शुरू हो जाता है—संबंध, संवेदना एवं एकात्मकता का अविच्छिन्न प्रकटीकरण। एक खेल है—घुघुवा मैना। इसमें घर-परिवार की दादी एवं नानी अपनी तीसरी पीढ़ी के शैशव के साथ इसको खेलती हैं। खेलने से ज्यादा इसको भावनात्मक संबंध बनाने की क्रीड़ा क्रिया कहना ज्यादा समीचीन होगा। बड़े बुजुर्ग अपने शैशव को अपने पैर पर उठाकर कुछ यों गाते हुए खेलते हैं, जिससे दोनों को सुख की प्राप्ति होती है। घुघुवा मन्ना उपजे धन्ना, बुढ़िया माई सँभल के रहिए, दाएँ भीत्ती उठेला बाएँ भीत्ती गिरले हो…। कभी वही बुजुर्ग कंधा (कन्हैया) बैठाकर, तो कभी पीठ पर (घोड़ा बनकर) बैठाकर घूमते-गिरते हुए शैशव के साथ खेलते हैं। अपने एकांतिक परिवेश को आह्लाद, बाल रूदन से भरते रहते हैं। इससे परिवार में स्नेह, वात्सल्य, प्रेम, करुणा की स्रोतस्विनी बहती रहती है। आज शैशव मन कुंठित एवं स्नेहरिक्त हो रहा है। दूसरी ओर बुढ़ापा भार एवं आशाहीन दिखता है, तो इन खेलों की उपयोगिता और बढ़ जाती है।

बच्चा जब बड़ा होता है, चलने तथा बोलने-खाने लगता है तो माँ से एक अनन्य संबंध बनता है। बच्चे खाना नहीं चाहते हैं, सोना नहीं चाहते हैं। परंतु माँ इसके लिए सारी कोशिशें करती है। इसके लिए साथ-साथ खेल करती है। खेल खेलती है। खाना को विविध कौर यानी ग्रास बनाती है। उसका तोता, मैना, सुग्गा, गौरेया इत्यादि नाम रखती है और कहती है—बेटा खा लो नहीं तो यह पक्षी उड़ जाएगा। इस तरह वह बच्चों को खाना खिलाती है। रामायण और श्रीमदभागवत में इस प्रकार माता कौशल्या और यशोदा द्वारा भगवान् श्रीराम और श्रीकृष्ण के पीछे भागते-खेलने का वर्णन है। खाना खिलाने के लिए माताएँ विभिन्न लोकगीतों का सहारा लेती रही हैं। एक ऐसा ही गीत है—

चंदा मामा आरे आवो, बारे आवो, सोनवा के कटोरिया में दूध भात ले ले आवो। बबुआ के मुँह में घुटुक।

अनेक प्रकार के बाल गीत अब भी विभिन्न क्षेत्रों में गाए जाते हैं, लेकिन अब वे अस्तित्व रक्षा के लिए जूझ रहे हैं। दूर-सुदूर में यह कभी-कभी सुनाई पड़ जाते हैं, तो हम अपने मन और मस्तिष्क को जबरदस्ती दूसरी ओर लगाने लगते हैं। हमारी ग्राम्य एवं अरण्य आधारित हमारी अपनी मूल पहचान खत्म होती जा रही है। एक जमाना था, जब परिवार-समाज के हमउम्र के बालक एक साथ बैठते थे। एक-दूसरे का कान पकड़कर रागात्मक स्वर में शुरू हो जाते थे—

चिउंटा हो चिउंटा, मामा के गगरिया काहे फोड़लअ हो चिउंटा¨

गीत अभी चलते ही रहता कि घर के बड़े-बुजुर्ग बुलाते और सारे बच्चे अपना पैर एक-दूसरे से लगाए-फँसाए गाते—लात्ता लूती, लात्ता लूती तथा घर की ओर भाग चलते।

पारंपरिक खेल मन को और इच्छा को तृप्त करते हैं। एक मर्यादा, एक अभिरुचि को परंपरा के माध्यम से एक पीढ़ी से दूसरी पीढ़ी को सौंपते हैं। यह व्यक्ति की सृजनशीलता को बढ़ाता है। गुड्डा और गुड़िया का खेल हो या हाथी-घोड़ा बनने या घरौंदा बनाने का। कोई अन्य खेल हो। बालक खेलते हुए, जीवन के गूढ़ रहस्य और इसके विभिन्न पक्षों से रूबरू होते हैं। बालक खेलते हुए तरह-तरह के सवाल करते हैं, अपने इर्द-गिर्द के अनजाने पक्ष को जानने की कोशिश करते हैं। स्वजिज्ञासा की यह प्रवृत्ति जीवन को निर्णायक घड़ी में कभी टूटने नहीं देती। ऐसे ही एक बालमन का चित्रण एक कविता में किया गया है—

है अनंत का तत्त्व प्रश्न यह फिर क्या होगा उसके बाद¨

उत्सुक हो शिशु ने पूछा।

बालक गुड्डा और गुड़िया का खेल खेलता है। तथा इसी क्रम में वह अपनी दादी माँ से पूछता है कि बड़ा हो जाऊँगा तो क्या होगा ? तब

जवाब मिलता है कि शादी होगी तथा सुकोमल बहू आएगी तो वह लजा जाता है तथा यह कहने पर कि तत्पश्चात् नन्हे-नन्हे बच्चे आएँगे, वह डरकर अपना खिलौना समेट लेता है, ताकि लेकर वह न भाग जाए। जीवन-मृत्यु तथा इससे जुड़े सभी सुखकर-दुखकर दर्शन को बालमन कौतूहल व जिज्ञासा द्वारा जान लेता है, जानने की कोशिश करता है। पारंपरिक खेल की रोचकता-अपनापन द्वारा दर्शन शक्ति सब देता है। शकुंतला पुत्र भरत द्वारा सिंह के साथ खेलना, दाँत गिनने की बात, अभिमन्यु द्वारा चक्रव्यूह भेदन, साहसी क्रीड़ा को सहजता से स्वीकारने की भारतीय परंपरा की ओर इंगित करता है। जसवंत सिंह के पुत्र पृथ्वी सिंह ने औरंगजेब के दरबार में शेर से मल्लयुद्ध कर पछाड़ दिया था, पारंपरिक खेल के भारतीय बचपन की यह कुछ बानगी-भर है।

बचपन के सारे खेलों का कुछ सामाजिक उद्‌देश्य रहा है। पिट्टो खेल एक प्रकार का प्रभावी टीमवर्क का खेल है। पत्थर या मार्बल के टुकड़ों को चुनकर एक के ऊपर एक रखना। बॉल से उस पर निशाना बनाना। इस खेल से हमारी एकाग्रता और फोकस दोनों बढ़ता है और टीमवर्क की बातें समझ में सहज ही आ जाती हैं। कंचे का खेल भी संतुलन बनाने की सीख देता है। कंचा खेल में बच्चे कंचे से दूसरे कंचे को अँगुल से निशाना लगाकर दूर फेंकते तथा कंचे को एक तयशुदा छेद तक पहुँचातें है। इस खेल से संतुलन एवं एकाग्रता बढ़ती है। लँगड़ी टाँग हमें मुश्किल से जूझना सिखाती है। इसमें हम एक पैर से कूदना सीखते हैं। स्टापु या रस्सी कूद से सही लक्ष्य बनाने में सहयोग मिलता है।

इन स्वदेशी खेलों में से कबड्डी और खो-खो को ही पुनर्जीवन मिला है। ऐसे अनेक खेल हैं, जिनको हमें जीवित रखने की जरूरत है। आज ऐसे बहुत कम संस्था या जगह है, जहाँ इन परंपरागत खेलों को खेला जाता है या इसके संवर्द्धन एवं बचाने के लिए प्रयास किए जा रहे हैं। राष्ट्रीय स्वयंसेवक संघ की शाखाओं में इन खेलों को खेला जाता

है। शारीरिक व्यायाम एवं परिचर्चा के साथ हमारे लोक खेल को वहाँ सभी उम्र के लोग बड़े चाव से खेलते हैं। कबड्डी का खेल आर.एस.एस. की शाखाओं में सामान्यत: खेला जाता रहा है। बाद में 2004 में इस खेल का विश्वकप आयोजित हुआ था। इन सबके बावजूद लोक खेल के प्रति लोगों के नजरिया को बदलने की जरूरत है। उन्हें बेडरूम, टेलीविजन, लैपटॉप, इंटरनेट से बाहर मैदान, बाग-बगीचों की दुनिया की सैर करानी होगा!

□

भारत में खेल की परंपरा

भारत में खेलों के माध्यम से जन जीवन में संस्कारों को आत्मसात् करने की समृद्ध परंपरा रही है। कई परंपरागत खेल आज भी कहीं उसी रूप में तो कहीं बदली शैली में प्रचलित हैं। खेलों का सबसे अहम पक्ष है अनुशासन और खेल भावना। आज ये बातें महत्त्वपूर्ण खेलों से लुप्त होती जा रही हैं, जिन्हें फिर से बहाल करना आवश्यक है। ऐसा करने से ही परंपरागत खेलों की रागात्मकता एवं क्रियाशीलता में जुड़े रचनात्मकता के भाव को बचाया एवं उसको समृद्ध किया जा सकता है।

भारत के इतिहास, संस्कृति, कला, साहित्य संस्कार सभी को लोक मस्तिष्क ने अपने परंपरागत माध्यम द्वारा अक्षुण्ण रखने का प्रयास किया। इसे समृद्ध बनाया है। इसका सबसे अच्छा उदाहरण वैदिक वाङ्मय है, जिसे श्रुति अर्थात् सुनकर, गाकर हमारे समाज ने हजारों सालों तक अपने दिल एवं दिमाग में जीवित एवं संरक्षित रखा। परंपरागत खेल भी उसी समृद्ध परंपरा को जीवित रखनेवाला एक माध्यम रहा है। इन खेलों में हम भारत के धार्मिक, सामाजिक, ऐतिहासिक एवं जीवन के विविध संस्कारों को जीवित देख सकते है। चूँकि भारतीय संस्कृति ग्राम्य और अरण्य संस्कृति रही है, इस कारण हमारे परंपरागत खेलों में इन भावों की झलक मिलती है। इन खेलों की विषयवस्तु में भी ग्राम्यता एवं प्रकृति का बोध होता है। इन खेलों में जीवन के आमोद-प्रमोद, दुःख-सुख, राग-विराग, विजय-पराजय और हास्य-परिहास सभी का चित्रण

रहता है। इसमें संस्कृति की विश्वसनीयता और संस्कारों की मौलिकता का दर्शन होता है। परंपरागत खेल ही एक माध्यम है, जो मानवीय समस्याओं को समझाने का एक धरातल प्रदान करता है, जीवन में आगे बढ़ने का आत्मविश्वास प्रदान करता है।

भारत एक उत्सव प्रधान देश है। अतएव यहाँ खेल भी उत्सव से जुड़े हैं। जैसे सामा-चकेवा, झूला, पतंगबाजी, मल्लयुद्ध, शालभंजिका आदि। यह हमारी संस्कृति की जीवंतता का परिचायक है कि कई खेल तो उत्सव ही बन गए। इसी प्रकार कई खेलों की शुरुआत खेल की एक विधा के रूप में नहीं की गई, बावजूद इसके वे कालक्रम में खेल की विविध विधाओं के रूप में समावेशित हो गए। तीर व धनुष का संधान, घुड़दौड़, चौसर, शिकार यानी आखेट आदि पहले जीवन के अन्य क्षेत्र से जुड़े कार्य थे, जो कालक्रम में खेल के अंग बने। वसंत पंचमी पर वसंतोत्सव, डांडिया रास, शाबरोत्सव, सामा-चकेवा, कृष्ण झूला, शालभजिका, दीपावली के समय घरौंदा बनाना, पूरम त्योहर यानी दक्षिण भारत में हाथी की परेड, रथयात्रा, लोहड़ी, केरल का जल उत्सव, महावीर जयंती पर अखाड़ा और मल्लयुद्ध आदि अनेक खेलों को आज उत्सव के रूप में जाना एवं मनाया जाता है। भारत में युद्ध, खेल, उत्सव आदि सब एक-दूसरे में घुले मिले हैं।

भारत में परंपरागत खेल भी दो प्रकार के है। एक इंडोर खेल, जिसमें आते हैं—शतरंज, चौसर, झूला, ओक्का, बोक्का, गोली, बाघ बकरी, कित्ता, नुक्का छिप्पी, घरौंदा, आदि। इसी प्रकार आउटडोर खेल में कबड्डी, गुल्ली डंडा, कंदूक यानी फुटबॉल, घुड़दौड़, जलक्रीड़ा नि:युद्ध यानी जूडो, पिट्टो, विष अमृत, दोल पत्ता, छुआ छुई, चोर सिपाही आदि शामिल हैं। इसी प्रकार खेल की लोकप्रियता एवं रुचि के अनुसार पुरुष और नारियों के लिए अलग-अलग प्रकार के लोक खेल की परंपरा रही है। पुरुष खेलों में गिल्ली-डंडा, बनऊ ला, गेड़ी

दौड़, गेंगे, उलानबांटी भौंरा, भिर्री, पनघुच्च दौड़, पतंग, झोरफा पतंग पुधव पूक, पिट्टूल आदि हैं, तो महिलाओं एवं बालिकाओं के खेलों में लंगरची दौड़, तवे लंगरची बिल्लस, सोना-चाँदी, संखली, फुगड़ी, गोटा, पिट्टो, गोट्टी, रस्सी कूद, चोर-सिपाही, प्रमुख हैं।

भारत में खेल की परंपरा बहुत पुरानी है। हड़प्पा तथा मोहनजोदड़ो के अवशेषों से ज्ञात होता है कि ईसा से 2500-1500 वर्ष पूर्व सिंधु घाटी सभ्यता में कई प्रकार के अस्त्र-शस्त्र प्रयोग किए जाते थे। उनमें से तोरण (जेविलिन), चक्र (डिस्कस) इत्यादि मनोरंजन के लिए प्रयोग किए जाते थे। बुद्ध काल में शारीरिक क्षमता बनाने तथा दरशाने के विधान अपनी पराकाष्ठा पर पहुँच गए थे। गौतम बुद्ध स्वयं सक्षम धनुर्धर थे और रथ दौड़, तैराकी तथा गोला फेंकने आदि की स्पर्द्धाओं में भाग ले चुके थे। 'विलास-मणि-मंजरी' ग्रंथ में त्रयुवेदाचार्य ने इस प्रकार की घटनाओं का उल्लेख किया है। अन्य ग्रंथ 'मानस-उल्हास' (1135 ईसवी) में सोमेश्वरी ने भारश्रम (वेट लिफ्टिंग) और भ्रमण श्रम (वेट के साथ चलना-दौड़ना) आदि मनोरंजक खेलों का उल्लेख किया है। मल-स्तंभ एक विशिष्ट प्रकार की कला थी, जिसमें प्रतिस्पर्धी कमर तक पानी में खड़े रहकर तथा अपने-अपने सहयोगियों के कंधों पर सवार होकर एक-दूसरे से मल्लयुद्ध करते थे।

चीन के पर्यटक एवं राजदूत फाहियान तथा ह्वेनसांग ने भी कई प्रकार की भारतीय खेल प्रतिस्पर्द्धाओं का उल्लेख किया है। नालंदा तथा तक्षशिला के शिक्षार्थियों में तैराकी, तलवारबाजी, दौड़, मल्लयुद्ध तथा कई प्रकार के गेंद के साथ खेले जानेवाले खेल लोकप्रिय थे। सोलहवीं शताब्दी के विजयनगर में निवास कर रहे पुर्तगीज राजदूत के उल्लेखानुसार, महाराज कृष्णदेव राय के राज्य में कई खेलोपयोगी क्रीड़ा स्थल थे तथा महाराज कृष्णदेव राय स्वयं भी अति उत्तम घुड़सवार और मल्ल योद्धा थे।

'आईने अकबरी' में चंडल-मंडल नामक खेल का वर्णन है, जौ चौपड़ का ही सुधरा रूप है। इसमें खिलाड़ियों की संख्या 16 और गोटियों की संख्या 64 हुआ करती थी। नार्द यानी बैक गेमोन नामक खेल की मुगलों के काल में शुरुआत हुई। चौगान मध्यकाल में शाही वर्ग का प्रिय खेल था, जिसे अभी का पोलो कहते हैं। अकबर ने अपने शासनकाल में ऐसी गेंद का इजाद किया था, जिससे रात के अँधेरे में भी चौगान खेला जा सके। बंगला साहित्य में धोफरी खेल का उल्लेख मिलता है, जो हॉकी के खेल की भाँति था।

पारंपरिक खेल हमारे भारतीय जीवन की प्रवाहात्मकता की अभिव्यक्ति है तो यह अभिव्यक्ति मुकम्मल रूप में कबड्डी के माध्यम से ही हुई है। कदाचित इसी कारण इसे राष्ट्रीय खेल भी कहा जाता है। कबड्डी का इतिहास अतीव प्राचीन है। इसका वर्णन महाभारत में एक श्वांस नाम से तो संत तुकाराम की साहित्य साधना में इसे अभंग नाम से पुकारा गया है। यह खेल संगठन का भाव भरता है। इसमें सभी मिलकर अपनी कमजोरी को छिपाते हैं और शक्तिशाली, चपल पुरुष आगे बढ़कर विपक्षी दल का सामना करते हैं। यही नहीं कबड्डी ही वह खेल है, जहाँ समता-समरसता का व्यक्ति पाठ पढ़ता है, सीखता है, राजकुमार हो, गरीब दरिद्र, कोई वर्ण का व्यक्ति हो, सभी एक-दूसरे का पैर पकड़ते हैं।

तीरंदाजी के खेल में आज का खेल भारतीय सभ्यता के उषाकाल से ही खेला जाता रहा है। यह खेल राजप्रासाद से जनसामान्य सभी वर्गों में प्रचलित था। शायद इसका कारण यह था कि यह आत्मरक्षा का एक साधन भी था। महादेव शिव का पिनाकी तथा अर्जुन का गांडीव धनुष आज भी जनसामान्य में चर्चा का विषय बनते रहते हैं। प्राचीन तीरंदाजों में श्रीराम, अर्जुन, महावीर, कर्ण, एकलव्यादि के कौशल से वाङ्मय भरा पड़ा है। महाभारत काल में लक्ष्य संधान के लिए लकड़ी की चिड़िया, चरखी में लगी मछली को नीचे पानी में देखकर निशाना लगाने का वर्णन

आता है। आवाज (शब्दभेदी) ऊपर भी बाण द्वारा लक्ष्य भेदन होता था। त्रेतायुगीन दशरथ ने अनजाने में इसी शब्दभेदी बाण द्वारा श्रवण कुमार का वध कर दिया था। अर्जुन-कर्ण के अनेक ऐसे पराक्रम महाभारत में वर्णित हैं। कहा जाता है कि सिकंदर भी मालवा क्षुद्रक गणराज्यों के साथ युद्ध में ऐसे ही किसी विष-बुझे बाण से घायल हुआ था, जो उसकी मृत्यु का कारण बना। मध्यकाल में मुहम्मद गोरी को पृथ्वीराज चौहान, तो हेमू को अकबर ने अपने तीरंदाजी कौशल से वध किया था। आज तो भारत का प्रतिष्ठित खेल पुरस्कार तीरंदाजी कला के महारथी अर्जुन तथा उनके गुरु द्रोणाचार्य के नाम पर ही दिया जाता है।

कंदुक क्रीड़ा का भी हमारे जनजीवन में प्रचलन था, परंतु उस रूप में नहीं है जैसा कि आज है। तब यह कंदुक नाम से जाना जाता था। इस खेल का उल्लेख रामायण, महाभारत तथा सुखसागर में है। तब के समय में इसे खेलते हुए खिलाड़ी मीलों चले जाते थे, सीमा रेखा का कोई बंधन नहीं था। श्रीकृष्ण के कालिंदी तट पर कंदुक खेल का वर्णन मिलता है। जहाँ श्रीकृष्ण गेंद के यमुना में चले जाने पर उसे निकालने जाते हैं। महाभारत में पांडव-कौरव द्वारा यह खेल खेलने का वर्णन मिलता है। कंदुक के कुएँ में गिरने पर बाहर निकालने की कुशल युक्ति का वर्णन भी मिलता है।

यह कंदुक खेल का आधुनिक रूप इंग्लैंड में 14वीं सदी में मिलता है। तब भी उसका रूप भिन्न था। 2500 वर्ष ईसा पूर्व इसी प्रकार के खेल का प्रमाण चीन में मिलता है। यह पैरों से खेला जाने वाला सु-चू था। सु-चू का अर्थ होता है—चमड़े की गेंद पर पैर से ठोकर मारना। यूनान में इस खेल का नाम स्पिस्कायरस तथा स्पार्टा में हरपास्टम था।

खो-खो सामान्यत: महाराष्ट्र का खेल जाना जाता रहा है, जो होली, दीपावली जैसे त्याहारों के अवसर पर खेला जाता था। अब तो यह राष्ट्रीय खेल बन चुका है तथा अनेक देशों में भी यह खेल खेला जाता

है। खो-खो में भी विभिन्न प्रकार पाए जाते हैं। इसी खेल में अभिमन्यु का चक्रव्यूह युद्ध खेल भी समाहित है। यह महाभारत काल में भी खेला जाता था। खो-खो के आधुनिक रूप की शुरुआत 1918 में डक्कन जिमखाना द्वारा विधिवत् रूप से हुई।

विश्वभर में प्रचलित बैडमिंटन भी भारत में खेला जाता था। इसे प्रारंभिक युग में पुन्ना कहा जाता था। इसे चिड़ी छक्का नाम से भी पुकारा जाता है। इसी प्रकार क्रिकेटनुमा खेल भी भारतीय पारंपरिक जीवन में खेला जाता रहा है, जिसे गुल्ली डंडा कहा जाता है। खेल के जानकारों का कहना है कि क्रिकेट खेल भी गुल्ली डंडा नामक पारंपरिक खेल का परिष्कृत आधुनिक रूप है। इस खेल में भी प्रतिद्वंद्वी खिलाड़ी डंडे द्वारा उछालकर मारी गई गुल्ली को कैच करके, सीधे थ्रो द्वारा डंडे को छूकर डंडा सँभाले व्यक्ति को आउट करते हैं। इसके बाद डंडा पक्ष के अन्य व्यक्ति गुल्ली उछालते हैं। इस क्रम में थ्रो या कैच से डंडा पक्ष का खिलाड़ी आउट होने से बच जाता है तो डंडा द्वारा गुल्ली उछालने के स्थान से गुल्ली द्वारा तय की गई दूरी को डंडे से नापते हैं और जो जितना ज्यादा डंडा नापन करता है, वह पक्ष विजयी होता है। बाद के काम पर गुल्ली को कैच करने के क्रम में चोट लगने के कारण गुल्ली के स्थान पर गेंद का प्रयोग किया जाने लगा। गुल्ली-डंडा का खेल मुख्यत: एक ग्रामीण खेल है, जो आधुनिकता के बावजूद आज भी गली-मुहल्ले में खेला जाता है।

घुड़दौड़ नामक ढोल भारत का अत्यंत प्राचीन खेल है। घुड़दौड़ वैदिक काल से ही आर्यजनों का प्रिय शौक रहा है। वैदिक वाङ्मय में अश्व के विभिन्न नामों की चर्चा मिलती है। ऋग्वेद में अल्प अर्वंत (शीघ्रगामी), वाजिजन (बली), सप्ति (तेज घोड़ा) का वर्णन मिलता है। ऋग्वेद की ऋचा (8-41-4) में घुड़दौड़ के मैदान का उल्लेख है। घुड़दौड़ के मैदान को काष्ठा या अजि कहते थे। मैदान गोल होता

था। ऋग्वेद के एक मंत्र में मैदान को चौड़ा भी बताया गया है। प्राचीन साहित्य में घोड़ी के अश्वा, आत्मा, अर्वती, बद्धवा आदि नाम मिलते हैं। भारतीय इतिहास में अकबर का 40 मील प्रति घंटा की रफ्तार से गुजरात अभियान तथा बाजीराव का इतनी ही तीव्रता से घुड़सवारी द्वारा मुगल सत्ता (दिल्ली) पर आक्रमण का वर्णन इतिहास में उल्लेखित है। घुड़दौड़ भारतीयों का अति प्रिय मनोरंजन था। तेज भागते हिंसक जंगली जानवरों के शिकार हेतु भी घुड़सवारी की जाती थी। शाहजहाँ के काल में फ्रांसीसी यात्री बर्नियर भारत में ही रहता था। इस देश में घुड़सवारों से वह बहुत प्रभावित था। उसने लिखा है कि इससे इंकार नहीं किया जा सकता कि इस देश में घुड़सवारों, तीरंदाजों का कार्य संचालन अत्यंत सहज है। तीर छोड़ने में उनकी गति आश्चर्यजनक है, जितनी देर में एक बंदूकधारी दो बार बंदूक दागता है, घुड़सवार छह तीर छोड़ देता है। महाराणा प्रताप का चेतक हैरतअंगेज कारनामे तथा स्वामी भक्ति के लिए विख्यात है।

भारतीय पारंपरिक जीवन में अत्या, पत्या, फुगड़ी, कित्ता, पिरामिड निर्माण, चरण छू, पिट्टो जैसे एकदम से ग्रामीण खेल सदा से प्रचलित रहे हैं। फुगड़ी नामक खेल में दो लड़की हाथ पकड़कर एक चक्का घुमती हैं। पिरामिड निर्माण मुख्यत: संतुलन का खेल है और यह मटका फोड़ने से जुड़े उत्सवों में खेला जाता है, जो गणेश चतुर्थी को मनाया जाता है।

वनवासियों के बीच मुख्यत: खेला जानेवाला एक पारंपरिक खेल दोल पत्ता या झाल झुप्पा है। यह खेल किसी वृक्ष के पास ही खेला जाता है। इसमें एक चोर वृक्ष के नीचे रहता तथा अन्य वृक्ष पर। ऊपर बैठे व्यक्ति नीचे जमीन पर उतरने की कोशिश करते हैं, जबकि चोर बना व्यक्ति ऐसा करने से रोकने का प्रयास करता है। इस क्रम में वह किसी व्यक्ति को छू देता है, तब वही व्यक्ति चोर हो जाता है। कहा जाता है कि यह वनवासियों का खेल अपने को हिंसक जानवरों से बचाने के लिए

वृक्ष पर चढ़ जाने तथा उससे बचाकर अपने को जंगल में भागने के लिए किए जाने के कारण कालक्रम में खेल रूप में विकसित हुआ। जंगल जानवर की प्रकृति इस खेल में पाया जाना इसकी सत्यता का द्योतक है।

शतरंज के बारे में प्रसिद्ध इतिहासकार ए.एल. बाशम ने अपनी किताब 'अ वॉडर दैट वाज इंडिया' में लिखा है कि ईसवी सन् की प्रारंभिक शताब्दियों तक इन खेलों में से एक जो 64 वर्गों के फलक पर खेला जाता था, कुछ जटिलताओं का खेल बन गया था, जिसमें एक गोट राजा का होता था और चार गोट अन्य प्रकार के होते थे। एक हाथी, एक घोड़ा, एक रथ और पैदल। मूल खेल में चार खिलाड़ियों की आवश्यकता होती थी और उनकी चालें पाशा फेंककर नियंत्रित की जाती थीं, क्योंकि यह खेल ऐसी गोटों से खेला जाता था, जो सेना के अंगों के समतुल्य थी और जिनकी व्यूह रचना से युद्ध के लिए बढ़ती सेनाओं का संकेत प्राप्त होता था। इस खेल का नाम चतुरंग अथवा चार सेनाएँ होता था। यह खेल बाद में फारस देश के निवासियों ने सीखा। अरबों के पास यह खेल तब पहुँचा, जब अरबों ने पारसियों को पराजित कर उन पर इसलाम थोप दिया। तब फारसी शब्द चतुरंग का अपभ्रंश शतरंज समूची दुनिया में नए नाम से प्रचलित हुआ। बाद में यह खेल दो व्यक्तियों तक सीमित हो गया। यहाँ यह बताना आवश्यक है कि मुसलमानों के खेल में सेना की नेतृत्वकर्ता रानी होती थी।

शतरंज, ताश की तरह एक अन्य खेल है द्युतक्रीड़ा। सामान्य रूप से खेलनेवाले एक पात्र में से मुट्ठी भर काष्ठ फल निकाल लेते थे और यदि संख्या चार से कटनेवाली होती तो वे जीते हुए माने जाते थे। बाद में आयताकार लंबे पाशे जिनमें संख्यांकित चार भुजाएँ होती थीं प्रयोग में आए। द्युतक्रीड़ा को सामाजिक मान्यता प्राप्त नहीं थी। महाभारत में कौरवों का विनाश, पांडवों का कष्ट तथा राजा नल का सबकुछ हार जाना इसी खेल प्रतियोगिता के परिणाम हैं।

आज का पोलो पूर्व में चौगान के रूप में जनसामान्य में जाना जाता था। मुगल बादशाह के समय दिल्ली तथा आगरा में इसकी प्रतियोगिता आयोजित की जाती थी। अकबर ने चौगान को बढ़ावा देने हेतु अनेक खेल मैदान बनवाए थे। यह खेल तब कपड़ों की बनी गेंद और मुड़ी हुई लकड़ी से खेला जाता था। पोलो का अशुद्ध रूप चौगान खेल राष्ट्रकूट राजा इंद्र चतुर्थ का प्रिय खेल था। इसे मुगल महारानी नूरजहाँ भी खेलती थी।

जिनास्टिक, मुख्यतः संतुलन, चलक, सावधानी, अभ्यास का खेल है। भारतीय परिवेश में यह कलाबाजी सदैव से रही है। यजुर्वेद में बाँस पर नाचनेवाले नटों का उल्लेख मिलता है। खेल की यह विद्या कलाबाजी आजकल भी है, परंतु अब यह जीविकोपार्जन का एक साधन बन गया है। अपने यायावरी जीवन में बाजीगर, करनट, नट-नटनी तथा ऐसे ही अन्य घुमंतू जातियाँ कलाबाजी द्वारा समाज का मनोरंजन कर अर्थोपार्जन कर अपनी पूरी घर-गृहस्थी को सिर पर ढोकर चलती हैं। आज इन यायावर जातियों की विविध आश्चर्यजनक एवं द्रवित करनेवाली कला आधुनिक कला के माध्यम सिनेमा-सर्कस द्वारा खत्म होती जा रही है।

प्राचीन साहित्य में खडगयुद्धों (तलवारबाजी) का भी वर्णन मिलता है। मल्लयुद्ध से संबंधित पशु तथा पशु-मानव कुश्ती भी भारत के जनसामान्य में प्रचलित खेल रहा है। पालतू पशुओं को एक-दूसरे के समक्ष रखा जाता है, जैसे खूँखार वृषभ, क्रोधी लवा, बटेर और चपल मुर्गे तथा भेड़ें आदि। वृषभ यानी बैल को द्वंद्व में पहले उत्तेजित किया जाता है। यह एक अत्यंत ही भयानक तथा खूनी द्वंद्व होता है। तमिल साहित्य में वृषभ-मानव के द्वंद्व पर आधारित स्वयंवर का वर्णन मिलता है। इसमें नवयुवक के पौरुष एवं पराक्रम की परीक्षा होती है तथा इसमें से विजयी पुरुषों में से नवयुवतियाँ अपने योग्य वर का वरण करतीं। गाँव-देहात में आज भी बाजार-उत्सव के समय इस प्रकार के खेल

जल्लीकट्टी के द्वंद्व देखने को मिलते हैं।

सामरिक दृष्टि से महत्त्वपूर्ण एक खेल है कुं-फु-त्सू। जापान में जुजुत्स या ज्यूडो तथा अमेरिका में कराटे, सैवाटे, अकिडो आदि नाम से जाना जाता है। भारतीय जीवन में इसे निःयुद्ध के नाम से प्रायः जाना जाता रहा है। काल के विभिन्न खंडों में इसे बाहुयुद्ध, मल्लयुद्ध, प्राणयुद्ध आदि के नाम से भी पुकारा गया है। दक्षिण भारत में इस विद्या का एक अंग किलरी नाम से प्रचलित है। यह शारीरिक सुरक्षा एवं सामरिक सुरक्षा का यह खेल भिन्न-भिन्न देशों में विभिन्न नामों से पुकारे जाने के बावजूद यह भारतीय विद्या है।

पश्चिमी देशों में इस निःयुद्ध कला (जूडो कराटे) का उपयोग महज सामरिक दृष्टि से किया जाता है, जबकि भारतीय दृष्टिकोण में इसका उद्देश्य शारीरिक, मानसिक तथा आध्यात्मिक दृष्टि से मनुष्य का पूर्ण विकास करना रहा है। निःयुद्ध की एक विशेष विद्या को मुष्टिका युद्ध (बॉक्सिंग) कहा जाता है। हनुमानजी द्वारा अपने विरोधियों को पराजित करने के लिए मुष्टिका प्रहार के उपयोग का वर्णन बहुत मिलता है।

उद्यान क्रीड़ाओं का उत्सव वसंत ऋतु में नवयौवनाएँ मनाती रही हैं। मातंग जातक में इसका विस्तृत वर्णन मिलता है। वसंत पंचमी को नवयौवनाएँ आम्र मंजरियों को तोड़ने तथा इसके स्पर्श का खेल खेलती हैं। कृष्ण और गोपिकाओं के विविध खेल इसी तरह के होते थे। सामा-चकेवा का खेल मिथिलांचल में काफी प्रचलित है। इसका महत्त्व स्वच्छंदता, शुद्धता व शालीनता के लिए भी है। यह खेल भाई-बहन के सुंदर स्नेहिल प्रेम का प्रतीक बन चुका है। पद्मपुराण में इसका अच्छा उल्लेख मिलता है। झिझिया लोकोत्सव खेल में कृषक युवतियों द्वारा अनेक छिद्रयुक्त मटकों में दीये जलाकर नाचा-गाया जाता है तथा अंत में समाज से बुराई-दुष्टों के संहार हेतु माँ भवानी से प्रार्थना की जाती है। यह खेल दुर्गापूजा के अवसर पर होता है।

इतिहास के पन्ने उलटने से आज के खेल महोत्सव, खेल मेले के अतीत का भी पता चलता है। पारंपरिक खेल ने समाज निर्माण में कितना सुदृढ़ योगदान दिया, इसका उदाहरण मराठा साम्राज्य के उत्थान एवं शिवाजी की सशक्त शक्ति के रूप में उभरना है। शिवाजी के गुरु समर्थ गुरु रामदास ने हिंदू समाज के उत्थान जागरण हेतु ही महावीर मंदिर तथा व्यायामशालाओं की एक श्रृंखला पूरे भारतवर्ष में खड़ी कर दी थी। जहाँ मल्लखंभ, सूर्य नमस्कार, तलवार, भाला, लाठी तथा कहार आदि सिखाया जाता। व्यायामशाला की यह पद्धति स्वतंत्रता संग्राम के उग्रवाद विचार के समय में लोकमान्य बालगंगाधर तिलक ने पुनर्जीवित की। शिवाजी एवं विजयनगर के काल में क्रीड़ा उत्सव साल में एक बार मनाने का वर्णन मिलता है।

वर्षोत्सव क्रीड़ा की यह पारंपरिक परंपरा आज भी जारी है। पंजाब में आज भी ओलंपिक की तरह का ही खेल मेले का आयोजन होता है। इसमें गाँव-गाँव के लोग भाग लेने आते हैं। बैलगाड़ी दौड़, जानवरों, पक्षियों का मल्लयुद्ध इसके विशेष आकर्षण होते हैं। केरल राज्य के ओणम उत्सव पर होनेवाली नौका दौड़ सदियों से मशहूर है। इस दौड़ के अवसर पर विविध प्रकार की लंबी-लंबी नौकाएँ छतरीनुमा आकृतियों में सुसज्जित देखने को मिलती हैं। इसी प्रकार पारंपरिक जीवन से संबंधित देश के विभिन्न भागों में ऊँट महोत्सव, रथ महोत्सव, जल महोत्सव, हाथी परेड आदि क्रीड़ा पर्व मनाते हैं।

खेलकूद के क्षेत्र में हमारा इतिहास न केवल समृद्ध रहा है, वरन् गौरवपूर्ण भी रहा है। खेल का उद्देश्य आनंद की प्राप्ति, मनोरंजन तथा स्वप्रेरणा रहती है। यहाँ यह विचार समाज में प्रचलित रहा है कि शरीर, बुद्धि एवं मन का विकास व चैतन्यता खेलने से होती है। स्नायु मजबूत होता है, निर्णय क्षमता में दृढ़ता आती है। खेल का उद्देश्य आज की तरह कुटिल एवं छद्मपूर्ण नहीं रहा, इसमें राजनीति नहीं होती थी। राजा-रंक

सब खेल मैदान में समान होते थे। इसका स्पष्ट उदाहरण खेल का उत्सव ही बन जाना है। जहाँ लोग एकत्रीकरण एवं सामूहिक खुशी, उत्साह को प्रकट करने के रूप में अवसर का उपयोग करते थे। खेल की पारंपरिक शैली एवं उनकी विद्या सामान्यत: 15-16वीं सदी तक अविच्छिन्न तथा अनवरत् रूप से चलती रही। बाद के कालक्रम में पारंपरिक शैली, विद्या, विशेषताओं में कतिपय अन्य सभ्यता के खेलों के साथ सम्मिश्रण से मिलावट हुई। बाद में जैसे-जैसे खेलों में आधुनिकता का प्रवेश हुआ या यों कहें आधुनिक खेलों का प्रभुत्व बढ़ा, पारंपरिक भारतीय खेल के अस्तित्व पर संकट बढ़ता गया। उसमें मिलावट आ गई। वह पुराना भाईचारा, प्रेम, स्वस्थ परंपरा का आदर्श भी खत्म हो गया। शुद्धता, सृजन क्षमता, सरलता सब भोगवाद की बलि चढ़ गया। आज तो खेल में भी व्यावसायिकता है, वह अक्षय आनंद का सुख कहाँ?

□

लोक गीतों में खेल

लोक संस्कृति हमारे समाज की आत्मा है। लोक मस्तिक ने अपने इतिहास की कड़ियाँ, अपनी परंपरा, प्राचीन मूल्यों को अपने गीतों में, अपनी कथाओं में, जीवन के आनंद-उत्सवों में तथा नृत्य-नाटकों में जोड़ा है। इसमें भी लोकगीत का अहम स्थान होता है, जो अनायास ही गीत, लोरी, कहावत व मुहावरों के माध्यम से अपनी संस्कृति, सभ्यता को एक पीढ़ी से दूसरी पीढ़ी को आगे बढ़ाते हैं। यह मिट्टी से जुड़े लोगों की अंतरात्मा की आवाज है, जो जनसाधारण के लिए होती है। इसमें छंद, अलंकरण, व्याकरण या शास्त्रीय नियमों की जकड़न नहीं होती है। कल ही की बात है, छोटी बेटी सो नहीं रही थी, तो पत्नी उसे सुलाने के लिए थपकी दे रही थी, और कुछ गुनगुना रही थी, जिसे सुनकर बेटी सो गयी, उसके बोल थे—

जैसे रोज आवेली तु टेर सुन के।
आई यो रे निंदिया निंदर वन से।
बड़ा हो खुब लाल राज करिहे, घरवा भरल रही अन्न, धन से।''

बचपन में माई के साथ पहली फिल्म देखी थी—नदियाँ किनारे मोर गाँव। साल 1982-83 में। चूँकि मुझे साहित्य और तथ्यों में रुचि है, अतएव मुझे पता है कि यह गाना उसी फिल्म का है। लेकिन बात उतनी ही भर होती, तो कोई बात नहीं थी। पूरे जीवन का बाइस्कोप मेरी नजरों के सामने से घूम रहा है। जिसमें दादी की लोक कथाएँ, नानी के

लोक गीत और माँ की लोरियाँ एवं कहावतों के दर्शन हो रहे हैं। वे स्वर गूँज रहे हैं, जिसे बचपन में कान सुना करते थे। शिशुओं को सुलाने एवं खिलाने के लिए दादी एवं नानी बाद में वही स्वर एवं शब्द माँ के मुख से सुना करते थे। जिन भावों को वे लोग गुनगुनाया करते, उसे लोरी कहा जाता है। यह भी बच्चों के साथ खेलकूद का एक माध्यम है। इनकी भाषा और विषय अलग होने के बावजूद भाव एक होते हैं।

जीवन की पहली पाठशाला माँ का आँचल व गोद होती है। हथेलियों की मधुर थाप के साथ स्वरलहरी में जो अनिर्वाचनीय आनंद की अनुभूति समावेशित होती है, उसका वर्णन असंभव है। माँ पहली गुरु होती है। याद है, बचपन के वे स्वर एवं शब्द, जो आज भी पत्नी-बेटियों के माध्यम से गुँजायमान हैं—

निनिया अइलई बिरन वन से, बबुआ हमर अइलई ममहर से,
आ आ गे निंदिया, बबुआ के सुता।
या
धुधुआ मन्ना, उपजे धन्ना
यही माहे अबइछत बबुआ के नाना
बबुआ के गढ़ा देतन कान दुनू सोना
गे बुढ़िया माई धरले रहिहे
बबुआ हमर जतइ लाठी लेले,
एक रोटी देतउ
आधा रोटी खइहे, आधा रोटी खिअइहे

नयका घर उठे, पुराना घर गिरे।

इन पंक्तियों में बालक को सिखाने के लिए जीवन की गूढ़ार्थ की बातें कही गई हैं। बिछावन पर सीधी लेटकर दोनों मुड़े पाँवों पर बेटियों को चिपकाकर बैठना, उनका उठना-गिरना, हँसने-रोने के भाव, मुझे बचपन में पहुँचा देते हैं। माँ याद आती है। जब खाना नहीं खाने पर

विविध हावभाव एवं कथा-कहानी के माध्यम से खाना खिलाती थी। खाना खाने से मना करने या दूध पीने से इंकार करनेवाले बच्चों के लिए ऐसी ही एक लोरी आज भी प्रचलित है—

चंदा मामा दूर के पुआ पकाए गुड़ के
आप खाएँ थाली में मुन्ना को दे प्याली में।
या
चंदा मामा आरे आब, पारे आब, नदिया किनारे आब।
सोना के कटोरिया में, दूध भात लेले आब।
बबुआ के मुँह में घुटूक॥

अब भी नानी-दादी की कविता, कहानी, लोरियों के ताल एवं नाद पर बच्चों को नींद आती है। आज भी मन में वे लोक कथाएँ रची बसी हैं। ऐसी ही एक संगीतमय कहानी थी, चिड़िया की। इसे जब दादी के साथ बचपन में सोता था, तो वह सुनाती थी। जिसमें एक चिड़िया को दाना चुगने के लिए घोंसले से बाहर जाना पड़ता है। एक बार उसे चने का एक दाना मिला, जिसे वह दलने के लिए चक्की में ले गई, जहाँ उसका दाना खूँटे में फँस गया। और उसे निकालने के लिए उसने बढ़ई से निवेदन किया, जिसे उसने अस्वीकार कर दिया। और उसके बाद उसकी संघर्ष की लंबी यात्रा चली, जिसमें उसके जिजीविषा एवं अदम्य साहस का वर्णन किया जाता—

बढ़ई बढ़ई खूँटा चिरो
खूँटा में मोर दाल बा,
का खाउँ, का पीउँ
का लेकर परदेस जाउँ··

विवाह में तो हर एक अनुष्ठान के लिए अलग-अलग गीतों का चलन है। अब भी भोजपुरी इलाकों में वर्षा में कजरी, फागुन में फाग और गरमी में चईता की धुन पर सरकते जीवन का दिग्दर्शन किया जा

सकता है। लोकगीत की व्यापकता मानव के जन्म से लेकर मृत्यु तक है। ये सबकी संपति मानी जाती है। आज का बच्चा कल बड़ा होने पर वह अपने बच्चों को यह सुनाता है। मृत्यु जीवन का कटु सत्य है, जिसे भोजपुरी मानस (और भी क्षेत्रों में थोड़ा बदलाव के साथ गाया जाता है) में बच्चों को खेल-खेल में सिखाया जाता है। बचपन का ऐसा ही एक गीत याद है—

अटकन चटकन दहीं चटाकन¨
लौहा लाटा बन के काटा
चुहुर चुहुर पानी गिरे, सब्बो जाबो गंगाजी रे।
पावका पावका बेल खाबो, बेल के डारा टूटा रे॥

अर्थात् मनुष्य मरते समय अमृत पान करना चाहता है, जिसे गाँवों में दही में पंचमेवा और शक्कर मिलाकर बनाया जाता है। मृत्यु के बाद लौहा लाटा करते हैं, यानी जल्दीबाजी करते हैं। तीसरी पंक्ति का भावार्थ है कि चुहुर-चुहुर, यानी बूँद-बूँद करके ही पानी तर्पण के समय गिरता है।

प्रख्यात भाषाविद् रामविलास शर्मा का विचार है कि लोक की सृजनात्मकता में विविधता और बहुलता तो है ही, बहुत गहरी मार्मिकता भी है, अटूटता और निरंतरता ही इसकी शक्ति है। आज जो क्लासिकल है, वह कभी लोक का अंग रहता है। और दोनों के केंद्र में व्यक्ति है। चाहे शास्त्रीयता हो या लौकिकता। लौकिकता का विकास श्रुति एवं स्मृति परंपरा के तहत होता है। आज जब जीवन के पिछले पन्नों को पलटकर देखता हूँ तो लगता है कि हमारे जीवन को संवेदनशील, विराट् और बहुआयामी बनाने में लोक जीवन का विशेष महत्त्व है, जो हमारे शहरी जीवन में छूटते जा रहे हैं।

बच्चों के साथ खेलते समय का गाना—घुघुआ माना, उपजे धाना, नया भीति उठत हई, पुराना भीति गिरत हई, बासन-बरतन समहरिये

बुढ़िया, ढांय···। ओका-बोका तीन तड़ोका, लउआ-लाठी चंदन काठी। तार काटे, तरकुल काटे, काटे बनखाजा, हाथी पर के घुंघरा चमक चले राजा और राजा के दुलारी बेटी खूब बजाये बाजा आदि।

लोक जीवन में रस रंग और कला के साथ ज्ञान-विज्ञान का समावेश भी होता है। आज भी बचपन के वे बोल याद हैं, जिसमें कहै घाघ, सुन भड्डरी की कई कहावतें होती थीं। घाघ हमारे लोक जीवन के प्रख्यात वैज्ञानिक थे। जिन्होंने अपनी कहावतों के माध्यम से मौसम, समाज और जीवन पर प्रकाश डाला। गाँवों में घाघ की कहावतें आज भी प्रसिद्ध हैं और प्रामाणिक भी।

चढ़त जो बरसै आदरा, उतरत बरसे हस्त। कितनो राजा दंड ले, हारे नहीं गृहस्थ।

कार्तिक सुदी एकादसी, बादल बिजुली होय। तो असाढ़ में भडडरी, बरखा चोखी होय।

याद कीजिए, ये प्रसिद्ध लोक कहावत—

बढ़े पूत पिता के धरमे, खेती उपजे अपने करमे। ओछे बैठक-ओछे काम, ओछी बातें-आठों जाम।

घाघ बतावें तीन निकाम, भूली न लो इनका नाम।

इन लोरियाँ, बोलियों एवं गीतों ने जीवन के बालपन में जो प्रभाव डाले, उसके कारण ही चंदा मामा, तारे, पीपल, तुलसी जैसे पेड़ों एवं जीव-जंतुओं के प्रति एक सुखद एवं आत्मीय संबंध का विकास हो गया। लोरियों, गीतों एवं कहावतों में छिपे जीवन के मर्म को जानकर अपनी परंपरा एवं संस्कृति पर गर्व करना सीखा।

□

पारंपरिक विलुप्त खेल

कबड्डी, जवनकी कबड्डी, घोड़ा कबड्डी और बुढ़िया कबड्डी

कबड्डी

पारंपरिक खेल हमारे भारतीय जीवन की प्रवाहात्मकता की अभिव्यक्ति हैं तो यह अभिव्यक्ति मुकम्मल रूप में कबड्डी के माध्यम से ही हुई है। कदाचित इसी कारण इसे राष्ट्रीय खेल भी कहा जाता है। कबड्डी का इतिहास अतीव प्राचीन है। इसका वर्णन महाभारत में एक श्वांस नाम से तो संत तुकाराम की साहित्य साधना में इसे अभंग नाम से पुकारा गया है। भिन्न-भिन्न प्रांतों में इसे विभिन्न नामों से पुकारा जाता है। जैसा कि बंगाल में हु-उल-डु, उत्तर प्रदेश में हु-तू-तू तथा दक्षिण में यही कबड्डी चडु-गडु नाम से खेली जाती है। इसे बड़ी-बड़ी कपाती भी कहते हैं। कबड्डी का एक रूप वृत्त कबड्डी पंजाब में अत्यधिक लोकप्रिय है। एक बूढ़ी-कबड्डी भी खेल है। कबड्डी का शाब्दिक अर्थ होता है—कौन बड़ा, अर्थात् मैं बड़ा हूँ, सर्वश्रेष्ठ हूँ तथा मैं विजित नहीं

किया जा सकता। यह हमारे पूर्वजों द्वारा राष्ट्रीय स्वाभिमान के प्रति सचेत रहने तथा उनके द्वारा आर्य शब्द के उपयोग की ओर इंगित करता है। यह हमारी संस्कृति तथा चरित्र का द्योतक है। उन्होंने सगर्व घोषित किया था—न त्वेवार्यस्य दास्य भावः अर्थात् आर्य (श्रेष्ठ जन) दास नहीं हो सकते।

कबड्डी के खेल में कतिपय भारतीय जीवन की अन्य उदात्त विशेषताएँ भी सन्निहित हैं। इस खेल में यदि व्यक्ति गलत, अनियोजित ढंग से शत्रु सीमा में जाता है तो पकड़ा (मारा) जाता है, लेकिन यहीं उस व्यक्ति के लिए खेल का विश्राम नहीं होता। भारतीय संस्कृति में है कि अगर परिवार या वंश के लोग यदि सत्कर्म, त्याग एवं सेवाभाव से कार्य करें तो मृत व्यक्ति को मुक्ति की लक्ष्य प्राप्ति में सहायता मिलती है। वह पुनर्जन्म लेकर आगे की यात्रा शुरू कर देता है। कबड्डी में भी वही होता है। शत्रु पक्ष को मार देने पर वह अपने पक्ष का मृत खिलाड़ी जिंदा हो जाता है। यह खेल संगठन का भाव भरता है। इसमें सभी मिलकर अपनी कमजोरी को छिपाते हैं और शक्तिशाली, चपल पुरुष आगे बढ़कर विपक्षी दल का सामना करते हैं। यही नहीं कबड्डी ही वह खेल है, जहाँ समता-समरसता का व्यक्ति पाठ पढ़ता है, सीखता है, राजकुमार हो, गरीब दरिद्र, कोई वर्ण का व्यक्ति हो, सभी एक-दूसरे का पैर पकड़ते हैं। इसमें कहीं तथा कभी भी घृणा, विद्वेष तथा बड़ेपन का अहं नहीं आता, सभी समान हैं, सभी एक हैं, ऐसे श्रेष्ठ भाव से कबड्डी खेल ओतप्रोत है।

बुढ़िया कबड्डी

कबड्डी से भिन्न बुढ़िया कबड्डी का खेल होता है। यह खेल किसी बड़े से मैदान के बीच भाग में खेला जाता है। मैदान के बीच भाग में 20 से 24 फीट की दूरी पर दो वृत्ताकार बड़े से घेरे बनाए जाते हैं। इस

खेल में दो टीम की जरूरत होती है। हरेक टीम में चार या इससे अधिक संख्या में बराबर-बराबर खिलाड़ी रहते हैं। फत्ता के माध्यम से यह तय किया जाता है कि पहले कौन टीम खेलेगी। पहले जो टीम खेलती है, उसमें से सबसे तेज धावक को दो वृत्ताकार घेरों में से एक में रखा जाता है। इसे बुढ़िया का दर्जा प्राप्त होता है। और बाकी के सदस्य दूसरे वृत्ताकार घेरे में खड़े होते हैं।

दूसरी टीम के खिलाड़ी बुढ़िया का दर्जा प्राप्त खिलाड़ी को चारों ओर से इस प्रकार घेरेंगे, ताकि वह दूसरे वृत्ताकार टीम में अपने साथियों के पास वापस नहीं जा पाए। एक वृत्ताकार घेरे में खड़े टीम के सदस्य कबड्डी बोलते हुए दूसरी टीम के सभी सदस्यों को छकाने का प्रयास करेंगे। उन्हें बुढ़िया बने खिलाड़ी से दूर हटाने की कोशिश करेंगे, ताकि वह सहजता से अपने सहयोगी सदस्यों के पास वापस जा सके। अगर वह ऐसा कर देता है, तो टीम को एक प्वाइंट प्राप्त हो जाएगा। जाने के क्रम में अगर दूसरी टीम उसे स्पर्श कर देगी तो पहली टीम हार जाएगी और दूसरी टीम को अपनी बुढ़िया बनाने का अवसर मिलेगा।

घोड़ा कबड्डी

समान संख्या के दो दल रहेंगे। छूने वाला दल अपना एक स्वयंसेवक (घोड़ा) भागनेवाला दल का एक-एक खिलाड़ी (क्ष) घोड़े को स्पर्श करके कबड्डी-कबड्डी कहते हुए भागनेवाले खिलाड़ी का पीछा करने का प्रयास करेगा। भागने वाला 'क्ष' से अपने बैठे घोड़े की रक्षा करेगा। साँस टूटने पर वह बाहर होगा। सबकी दृष्टि चुराकर घोड़ा भागने का प्रयास करेगा, घोड़े को स्पर्श कर फिर उसे अपने स्थान पर बिठाना। छूनेवाले दल के सभी खिलाड़ियों का उपयोग होने के बाद दल की बदली करना।

गिल्ली या गुल्ली डंडा

लोक जीवन में गिल्ली या गुल्ली डंडा को क्रिकेट की तरह दी जाती थी। इसे सामान्यत: एक-एक बड़े डंडे एवं दूसरा छोटे डंडे से खेला जाता है। बड़ा डंडा एक ओर से बेलनाकार तथा क्रिकेट के बल्ले के आकार का होता है। वही छोटा डंडा जिसे गिल्ली कहा जाता है, छह इंच के आकार का एक बेलनाकार छोटा डंडा होता है। गिल्ली के दोनों किनारे थोड़े नुकीले या घिसे हुए होते हैं। इस खेल की खासियत यह है कि इसमें खेल सामग्री के नाम पर एक गिल्ली एवं एक डंडे की जरूरत होती है। अगर दो समूह हुए, तो दोनों दल अपना गिल्ली-डंडा अलग-अलग लेकर खेलते हैं।

इस खेल का नियम सरल है। खेल किसी भी मैदान के बीच भाग

में खेला जाता है। जहाँ पर पहले जमीन में एक दो इंच का गड्ढा बनाया जाता है। एक समूह का खिलाड़ी उस गड्ढे पर गिल्ली को टिकाकर रखता है। इसके बाद डंडे को गिल्ली के बीच में फँसाकर गड्ढे के सहारे दूर तक उछाला जाता है। दूसरे समूह के व्यक्ति उसको कैच करने

का प्रयास करते हैं। अगर कैच हो गया, तो पहले समूह का वह व्यक्ति आउट करार दिया जाता है। उसके बाद दूसरा व्यक्ति ऐसा ही प्रयास करता है। अगर गिल्ली कैच नहीं हो पाती है, तो दूसरे समूह के व्यक्ति जहाँ गिल्ली गिरती है, वहाँ से उसको उठाकर हाथ में रखते हैं। वह दूसरी ओर पहले समूह के व्यक्ति गड्ढे पर डंडे को रख देते हैं। इसके बाद दूसरे समूह का कोई भी व्यक्ति गिल्ली से डंडे को मारने या स्पर्श करने की कोशिश करता है। गिल्ली से डंडा स्पर्श हो गया, तो भी खिलाड़ी को आउट घोषित कर दिया जाता है।

डंडे के स्पर्श नहीं करने की स्थिति में खिलाड़ी गिल्ली के एक सिरे को डंडे से मारता जाता है और गिल्ली को हवा में उछालते ही डंडे की सहायता से उसे दूर फेंकता जाता है। जिसकी गिल्ली जितनी दूर जाती है, वही खेल में जीतता है। उस अधिकतम दूरी से गड्ढे की दूरी को डंडे से मापा जाता है और जितना डंडा होता है, उतना अंक उसके समूह को मिलता है।

इस प्रकार से यह खेल खेला जाता है। हारने वाले समूह या खिलाड़ी को मुक्का या धौला जमाने की परिपाटी है। इस खेल में हार जीत के बदले समूह की भावना की प्रधानता रहती है। इस खेल में दो, चार, छह या आठ की संख्या में खिलाड़ी हो सकते हैं। इस खेल को खेलने के दौरान आँख में चोट न लगे, इसकी सावधानी बरतनी चाहिए।

घुघुआ माना या घुंटू-मुंटू

इस पारिवारिक खेल को विभिन्न क्षेत्रों में अलग-अलग नाम से जानते हैं। बिहार एवं झारखंड में इसे घुघुआ माना तो उत्तर प्रदेश के आंचलिक क्षेत्रों में इसे घुंटू-मुंटू के नाम से जाना जाता है। इस खेल में परिवार के बड़े का सहयोग जरूरी है। इसे छह माह के बच्चे से लेकर पाँच साल के बच्चों के साथ खेला जाता है। इसमें परिवार के माता-पिता,

दादा-दादी बिछावन पर लेट जाते हैं। इसके बाद ठेहुना को इस प्रकार से मोड़ते हैं कि उसके ऊपर पैर के पंजे पर बच्चे को बैठाया जा सके। इसके बाद ठेहुना को आगे-पीछे किया जाता है।

इस खेल के दौरान मुँह से कुछ स्वर भी निकलते हैं—

घुघुआ माना उपजे धाना
धनि-धनि अइले बबुआ के मामा
बबुआ के नाक कान दुनु छेदइबो
सोनरा के देबो भरसूप धाना
सोनरा के पूतवा दीही असीस
बबुआ जीहें लाख बरीस।

अर्थात् इस बार धान की फसल बहुत अच्छी हुई है। इस दौरान बच्चे के मामा घर आए हैं। मामा के घर आने का मतलब भाँजे के लिए खुशखबरी। माँ कहती है कि सोनार से बच्चे के नाक और कान में छेद करवाना है, ताकि बच्चे को सोने का कर्ण कुंडल पहनाया जा सके। सोनार को इस कार्य के लिए इनाम दिया जाएगा। इनाम में भर कलसूप धान दिया जाएगा। इसके बदले सोनार बच्चे को आशीर्वाद देगा, ताकि बच्चा दीर्घायु हो सके।

इसके अलावा एक और दोहा गाया जाता है-
गलर गलर पूआ पाकेला
चिलरा खोईंछा नाचेला
जोरे चिलरा खेत खलिहान
ले अइहे तिलकिया धान
ओही धान के चिउरा कुटइब
बाभन बिसुन नेवता पेठइबो
बभना के पूतवा दीही असीस
बबूआ जीहें लाखों बरीस

अर्थात् घर में पुआ-पकवान कराही में छना जा रहा है। पुआ की गमक यानी महक से नौकर सब खुश हो रहे हैं कि उन्हें भी पकवान खाने को मिलेगा। उन लोगों को माँ कहती है कि धान लेकर आवो, ताकि धान से चिउरा को ओखल-मूस में कूटा जा सके। ब्राह्मण और बिसुन को आमंत्रण दिया जाएगा। वे आएँगे, खाएँगे और इसके बाद बच्चे को आशीर्वाद देंगे। इससे बच्चे का जीवन लंबा और खुशहाल होगा।

अंत में खेल के पंजे उठाकर बच्चे को धीरे-धीरे नीचे गिराया जाता है। इस क्रम में भी एक दोहा या गीत बोलने की परिपाटी है।

नाई भीति उठेले
पुरानी भीति गिरेले

अर्थात् नई पीढ़ी का निर्माण हो रहा है और पुरानी पीढ़ी यानी बुजुर्गों के जाने का समय आ रहा है। इसके बाद खेल खत्म होता है। इस दौरान यह निम्न रूप में गाया जाता है—

राजा रानी आवैली, पोखरा खनावैली,
पोखरा के तीरे तीरे इमिली लगावैली,
इमिली के खोढ़रा में बत्तिस अंडा,
रामचंद्र फटकारे डंडा,
डंडा गइल रेत में,
मछरी के पेट में।
कौआ कहे काँव-काँव,
बिलार कहै झपटो।
आ लगड़ी क टाँग धइके
रहरी में पटको, रहरी में पटको।

इस लघु गीत के बाद बुजुर्ग बच्चों को जोर-जोर से लला पला लला पता कहते हुए पैरों पर बैठे बच्चे को हवा में उछालते हैं।

ओका बोका

भोजपुरी क्षेत्र का यह प्रसिद्ध खेल है। जिसमें खेल के साथ जीवन दर्शन, अध्यात्म और संस्कृति की झलक मिलती है। इस खेल में तीन से लेकर चार या पाँच लड़का या लड़की या दोनों की जरूरत होती है। इस खेल को 12 वर्ष तक के बच्चे खेलते हैं। इसमें एक लड़का सस्वर पाठ करता है और बाकी बच्चे अपने दोनों हाथ की अँगुली को जमीन से इस प्रकार टिकाकर रखते हैं कि तलहथी का भाग ऊपर रहे। सस्वर पाठ करनेवाला बच्चा अपनी तर्जनी अँगुली से सभी बच्चों के तलहथी के ऊपरी भाग को छू-छूकर पाठ करता है। पाठ खत्म होने पर बारी-बारी से सभी की तलहथी को हाथ से दबाकर जमीन से स्पर्श कराया जाता है।

बोल या पाठ है—

ओका बोका, तीन तड़ोका
लउआ लाठी, चनन काठी
चनना के नाँव का
इजयी विजयी
पानवा फुलवा पूचूक।

अर्थात् ओंकार (यानी ओका) कहने से सत, रज और तम (यानी तीन तड़ोका) तीनों का बंधन खत्म हो जाता है। इससे लुआठी लकड़ी भी चंदन में तब्दील हो जाती है। भक्त जय-विजय (इजयी विजयी) का दर्जा प्राप्त कर लेते हैं। और भगवान् विष्णु के सान्निध्य में व्यक्ति का इस पान-फूल, यानी सांसारिक मोहमाया का आकर्षण खत्म हो जाता है। और भक्त त्रिगुणातीत हो पाते हैं।

इसके बाद खेल का दूसरा भाग शुरू होता है।

जो लड़का सस्वर पाठ बोलता है, वही लड़का खेल के दूसरे भाग में सभी लड़कों के तलहथी के ऊपरी भाग को पकड़कर पूछता है कि चिउंटा लेब कि चिऊटी? चिऊटा कहनेवाले बच्चों की त्वचा को जोर

से पकड़ा जाता है, ताकि कष्ट हो। इसके बाद हरेक बच्चे के दाएँ हाथ की तलहथी को बच्चे अपने बाएँ हाथ की तलहथी पर बारी-बारी से रखते जाते हैं। बच्चे की तलहथी पहले से ही जमीन को स्पर्श किए रहती है। चिऊटी कहनेवाले बच्चे के हाथ की त्वचा को धीरे से पकड़ा जाता है। सभी की तलहथी को रख देने के बाद पाठ करनेवाला बच्चा अपनी तलहथी को उलट-पलटकर ऐसे रखता है, ताकि सभी को थोड़ी चोट पहुँचे। इस दौरान उसके मुख से सस्वर बोल आते हैं—

अटकन चटकन दही चटाकन
बर फूले बरइला फूले
सावन में करइला फूले
नेउरी गइली चोरी
धर कान ममोरी

अर्थात् सावन मास में करैला के फुलाने का मजा कुछ और है। करैला चुराने वालों से सावधान रहना चाहिए। यदि नेउरी करैला चुराने आती है, तो उसके कान को पकड़कर दंड देना है। उसकी इतनी पिटाई करनी है कि उसको छठी का दूध याद आ जाए।

इसके बाद सभी बच्चे आमने-सामने बैठते हैं। सभी बच्चे एक-दूसरे के दोनों कानों को अपने हाथों से पकड़ते हैं। इस चरण के खेल में हरेक बच्चा अपने सामने के दूसरे बच्चे के कान को अपनी ओर खिंचने का प्रयास करता है। इस दौरान बच्चे अपने शरीर को आगे-पीछे करते हैं और एक साथ सस्वर बोलते हैं—

चिऊंटा हो चिऊंटा
मामी के गगरिया
कांहे फोरल हो चिऊंटा
मामा के झगरवा
छोड़ाव हो चिऊंटा

अर्थात् एक चिऊंटा ने मामा की गगरी को क्यों फोड़ दिया? सभी बच्चे शीघ्रता से आओ तथा मामा-मामी के झगड़े का निपटारा कराओ। इसके बाद सभी बच्चे अपने-अपने पैर से एक-दूसरे के पैर को मारते हैं।

इसके बाद खेल का अंतिम चरण आता है। इसमें एक बच्चा अपने बाएँ पैर की एड़ी को जमीन पर टिका देता है और पैर को ऊपर की ओर रखता है। इसके बाद अपने बाएँ पैर के अँगूठे को मुट्ठी से पकड़ता है और हाथ के अँगूठा को ऊपर उठा देता है। इसके बाद खेल में सहभागी सभी बच्चे अपने दोनों हाथ को एक-दूसरे के ऊपर रखते जाते हैं। पहला बच्चा अपने दाहिने हाथ को खाली रखता है। वह बच्चा अब बारी-बारी से सभी बच्चों के हाथ को हटाता जाता है। इस दौरान यह भाव किया जाता है कि तरकुल के वृक्ष को आरी से काटा जा रहा है—

तार काटों तरकुल काटो
काटों बन के खाजा
हाथी पर के घुघुरा
चमक चले राजा
राजा के दोलइया
भइया को दो पाटा
घींच मार घींच मार
मूसरी के बाचा।

अर्थात् तरकुल का बड़ा पेड़ काटा जा रहा है। खाजा को काटा जा रहा है। राजा हाथी पर सवार है। पूरे घमंड में है, जाड़े में भी दोशाला ओढ़े हुए है। बाकी गृहस्थ लोग दुपट्टा ओढ़कर जाड़ा काट रहे हैं। चूहे को उसके छेद से निकालो, उसको मार दो।

उत्तर प्रदेश के पूर्वांचल के भाग में इसे निम्न प्रकार से कहा जाता है—

अक्का बक्का तीन चलक्का,
लउवा लाची, चन्ना काठी,
चनना में का बा, मकई के लावा,
आवा हो बिलार हमें घरवा में गावा,
घरवा में गावा।

घोघोरानी

यह सामूहिक खेल का तरीका है। इसमें बच्चों का समूह वृत्ताकार गोल बनाकर खड़ा होते हैं, जिसके बीच में एक लड़का खड़ा होता है। इसमें यह पहले ही स्वीकार लिया जाता है कि बीच वाला लड़का पानी में स्नान करने के लिए खड़ा है, उसका नाम घोघोरानी रखा जाता है। इसके बाद गोलाई में खड़े लड़कों एवं घोघोरानी के बीच संवाद होता है।

लड़का—घोघोरानी! केतना पानी?
घोघोरानी—एड़ीभर
लड़का—घोघोरानी! केतना पानी?
घोघोरानी—ठेहुंनभर
लड़का—घोघोरानी! केतना पानी?
घोघोरानी—जांघभर
लड़का—घोघोरानी! केतना पानी?
घोघोरानी—डांड़भर
लड़का—घोघोरानी! केतना पानी?
घोघोरानी—छातीभर
लड़का—घोघोरानी! केतना पानी?
घोघोरानी—गरदनभर
लड़का—घोघोरानी! केतना पानी?
घोघोरानी—केसभर

घोघोरानी द्वारा केसभर कहने के साथ डूबने का स्वांग किया जाता

है। ऐसा करने पर बाकी वृत्ताकार खड़े सभी लड़के डूबनेवाले बच्चे को बाहर निकालने का नाटक-खेल करते हैं। जब घोघोरानी बाहर निकल जाती है, तो फिर सभी बच्चे गोलाकार खड़े हो जाते हैं। जो दो बच्चे हाथ पकड़कर घोघोरानी को बाहर निकालते हैं, उनको स्पर्श कर एवं दरवाजा मानकर घोघोरानी कहती है कि इस द्वार को काटे? ऐसे पूछने पर घोघोरानी को जवाब मिलता है कि माई नाराज़ हो जाईं। इसी दौरान घोघोरानी बना बच्चा किसी द्वार को काटकर भागेगा। इसके बाद बाकी सभी लड़के उसको छूने का प्रयास करेंगे। जो लड़का सबसे पहले स्पर्श करेगा, उसको घोघोरानी बनने का अवसर मिलता है।

ताश

ताश का खेल भी आम लोगों का ही खेल है, जो गली-कूचे से लेकर शहर के चौक-चौराहे पर खेला जाता है। भविष्य पुराण में चार व्यक्तियों के एक साथ खेलनेवाले खेल यानी ताश या शतरंज की चर्चा मिलती है। ताश खेल के पीछे भगवान् के विभिन्न अवतारों के चित्र बने होते थे, दक्षिण के एक शासक (विष्णुपुर का राजा) का मानना था कि इस खेल से मनोरंजन तो होता ही है साथ ही ईश्वर का नाम भी जप लिया जाता है। अकबर के समय में इसमें बदलाव किया गया। उस समय तक ताश के 12 पत्ते होते थे, अश्वपति को प्रमुख माना जाता था। नाम होते थे—नरपति, गजपति, धनपति, दलपति, देवपति, वनस्पति, स्त्रीपति, असरपति, बलपति, नौपति, अहिपति। अकबर के समय लिखी गई अबुल फजल की पुस्तक आईने अकबरी में इसका उल्लेख है। आज भी लंदन के एसियाटिक सोसाइटी के पुस्तकालय में 1000 वर्ष पुरानी ताश की गड्डी सुरक्षित है, जिसमें पत्तों के पीछे ईश्वर के विभिन्न रूपों का वर्णन है। ताश की उत्पत्ति भले ही भारत में हुई हो, लेकिन ऐसे ही खेल का प्रमाण चीन, बेबीलोनिया की सभ्यता में मिला है, जो

भारत जितना ही पुराना तो है ही। यूरोप में यह खेल 13वीं सदी के बाद ही प्रारंभ हुआ।

मल्लयुद्ध या कुश्ती

पारंपरिक खेलों में मल्लयुद्ध एक आकर्षक तथा सर्व स्वीकार्य खेल है। भारत के प्राचीनतम खेलों में से एक मल्लयुद्ध एवं कुश्ती में भिन्नता है। कुश्ती मुगलकाल की देन समझी जाती है। कुश्ती कला में विपक्ष को पीठ दिखाना, प्रतिद्वंद्वी के समक्ष झुकना तथा झुककर जाना, पाँव पीछे की ओर खींचना सौंदर्य का प्रतीक माना जाता है, जबकि मल्लयुद्ध में नहीं। कुश्ती कला में हार-जीत का निर्णय चित-पट से होता है, जबकि मल्लयुद्ध में व्यक्ति अपनी छाती को दिखाता है। कुश्ती के विभिन्न दावों में मुख्य है—मकरतैगा, धोबीपाट, घिस्सा, एकदस्ती, बनेरी आदि, जबकि मल्लयुद्ध के अंतर्गत हनुमंती, भीमसेनी, जांबुवंती आदि दावों के प्रकार हैं। प्राचीनकाल से मल्लयुद्ध समाज के लिए गर्व का विषय रहा है। आज भी लोगों में विष्णु-मधुकैटभ, कृष्ण-चाणुर, वराह-हिरण्याक्ष तथा भीमसेन-जरासंध के मल्लयुद्ध की चर्चा मात्र ही शरीर को सक्रिय एवं सगर्वमय बना देती है। लेकिन आजकल मल्लयुद्ध-कुश्ती एक बन चुका है।

चरण छू

धार्मिक रूप से परंतु संस्कारमय रूप लिये एक खेल है चरण छू, जिसे समाज के सुधारकों ने अवनति के काल में सृजित किया था। इसमें खिलाड़ियों का एक समूह होता है, उसमें एक व्यक्ति चरण छूने की कोशिश करेगा, जबकि और सभी चरण छूने नहीं देने के लिए कोशिश करेंगे। यह खेल व्यक्ति में संस्कार को सहज तरीके से भरता है। इतिहास के पन्नों में वर्णन है कि भगवान् श्रीकृष्ण ने युधिष्ठिर के राज्याभिषेक में चरण धोने का काम किया था।

ओल्हा पाती

ओल्हा पाती को कई जगहों पर लखनी खेल भी कहा जाता है। यह गरमियों का खेल होता है। प्रायः पशु चरानेवाले बच्चों द्वारा यह खेल किसी पेड़ के नीचे खेला जाता है। इस खेल में एक दो फीट पतली लकड़ी पेड़ के नीचे रख दी जाती, फिर एक लड़का पेड़ से कूदकर उस लकड़ी को उठाकर अपनी एक टाँग ऊपर करके उसके नीचे से फेंककर पेड़ पर पुनः चढ़ जाता है। जहाँ लकड़ी गिरती है, पेड़ के नीचे दूसरा खड़ा लड़का उसे उठाकर दौड़ता हुआ पुनः पेड़ के नीचे आकर उसी लकड़ी से पहले वाले को जमीन से ऊपर कूदकर छूने की कोशिश करता। इसके लिए एक बार का अवसर दिया जाता है। यदि उसे छू लिया तो पेड़ पर चढ़े लड़के को मान लिया जाता है कि वह मर गया है। इस प्रकार वह खेल से बाहर हो जाता है। फिर लकड़ी से छूने वाला लड़का विजेता हो जाता है। इस मरे हुए लड़के को पेड़ के नीचे खड़ा होना पड़ता है और विजेता पेड़ के ऊपर चढ़ जाता है। और खेल की इस प्रक्रिया को दोहराया जाता है। परिणामस्वरूप कोई मरता और कोई विजेता बनता रहता है।

चिल्हिया चिल्होर

यह अनोखा खेल है। इसको गाँव के दलित बच्चे खेलते हैं। मैं भी बचपन में कई बार इस खेल में शामिल हो चुका हूँ। गाँव स्थित जलस्रोत यानी, तालाब, पोखर आदि के किनारे इस खेल को खेलने का रिवाज रहा है। इसे प्रायः मछली मारने के पूर्व या जलस्रोत के सूखने के पहले खेला जाता है।

खेलने के पूर्व गाँव के हमउम्र बच्चों में से एक चिल्लाकर कहता— चिल्हिया चिल्होर, मछरी क झोर। यह नारा सुनकर गाँव के सारे बच्चे उपकरण लेकर मछली मारने दौड़ पड़ते। मछली मारने के समय

सामूहिकता का दर्शन एक अजीब समान बाँधता था।

इस भाव को लेकर एक खेल भी होता था। बच्चों के दो समूह विपरीत दिशा में दौड़कर जाते और किसी मेड़ या झाड़ी के पीछे छिपकर चिकनी जमीन पर खपड़े से अंधाधुंध बाएँ से दाएँ की तरफ समानांतर छोटा-छोटा चिह्न खींचते। करीब पाँच मिनट बाद पुनः वही नारा लगाते हुए दोनों समूह एक-दूसरे के खींचे हुए चिह्नों को ढूँढ़कर मिटाते। थोड़ी देर बाद फिर वही नारा लगाकर एक-दूसरे के बनाए, लेकिन बिना मिटे चिह्नों को गिना जाता। मान लीजिए एक समूह के 50 चिह्न बचे तथा दूसरे के 100 तो पचास को सौ में से घटाकर शेष पर प्रति 10 के हिसाब से पाँच थप्पड़ का दंड दिया जाता था। इसका मतलब हारा हुआ पक्ष पाँच थप्पड़ खाता था।

अमौली

यह बरसात का खेल था। इसे खेल से ज्यादा वाद्ययंत्र कहा जा सकता है। असाढ़ का महीना आते-आते घरों के पास की जमीनों पर फेंकी गई आम की गुठलियों से पौधे निकलने लगते थे। दो-चार पत्ते निकल जाने के बाद यह बैंगनी रंग के ये पौधे बहुत निराले लगते थे। इन्हें अमोला कहा जाता। बच्चे जमीन से गुठली सहित इन अमोलों को उखाड़ लाते तथा गुठली के ऊपर का फटा हुआ कड़ा छिलका हटाकर अंदर से कच्ची गुठली निकाल लेते। कई बच्चे इन्हें आग में भूनकर खाते थे। लेकिन यह अमोली खेल में उपयोग भी किया जाता था। इसके लिए अमोली वाली गुठलियों से पौधे को तोड़कर फेंक दिया जाता। गुठली के जिस हिस्से से पौधे निकलते थे, उस तरफ से उसमें छेद बन जाते थे। छेद वाले हिस्से को बच्चे पत्थर पर रगड़कर बाँसुरी के मुँह जैसा सपाट बना लेते। मुँह से फूँककर बजाने पर इससे शहनाई जैसी सुरीली आवाज निकलती थी। अमोली बजाना एक साथ खेल और वाद्ययंत्र को बजाने का मजा देता था।

हिंगहारा

हिंग बेचनेवाले को हिंगुहारा कहा जाता था। इसी तरह उस जमाने में गाँव में तरह-तरह के लोग सामान बेचने आते थे। जिनसे जरूरी चीजों की खरीददारी के साथ मनोरंजनात्मक खेल भी होता रहता था। जैसे पटहारा, जो शीशा, कंघी, सूई, डोरा, टिकुली तथा मीसी बेचने आता था। चूड़ीहारा, जो चूड़ियाँ बेचता। कपड़हारा जो कपड़ा बेचता था। ये सभी कुछ अजीब शब्दों में गाते हुए तथा घरघुमनी करते हुए सामानों की बिक्री करते थे। इन सभी का अपना एक व्यापारिक संगीत होता था, जो हम बच्चों के लिए खेल और मनोरंजन दोनों होता था। यहाँ तक कि कभी-कभी जादूगर आता। वह भी अपना डमरू बजाते हुए संगीतमय वार्त्ताओं में जादू का करतब दिखाता। अपने-अपने बंदर-बंदरियों के साथ मदारी वाला भी वैसा ही करता था। जब कभी बाइस्कोप वाला आता था, तब तो पूरा गाँव, घर ही उठकर उसके इर्द-गिर्द इकट्ठा हो जाता। याद है जब बाइस्कोप का अंतिम स्लाइड चलता था, तो हावड़ा का पुल दिखाया जाता था। इन सबके साथ एक खास बात यह थी कि कपड़हारा को छोड़कर सभी के साथ पैसे के बदले अनाज देकर कोई खरीददारी की जा सकती थी।

जय कन्हैया लाल की

इस खेल में दो लड़के आमने-सामने खड़े होते हैं और दोनों अपने हाथ को सामने की ओर फैला देते हैं। इसके बाद एक लड़का अपने दाहिने हाथ की तलहथी से अपने मुख पर धप्पा मारता है। इसके साथ आ, आ, आ की आवाज निकालता है। उसके बाद उस हाथ की तलहथी को अपने बाएँ हाथ के कंधे पर रखता है। इसी प्रकार की कला को दूसरा लड़का दुहराता है। इसके बाद पहला लड़का अपने बाएँ हाथ की तलहथी को दूसरे लड़के के दाहिने हाथ की कोहुनी पर रख देता है। दूसरा लड़का

भी अपने बाएँ हाथ की तलहथी को पहले लड़के की कोहुनी पर रख देता है। इस प्रकार चारों हाथ मिलकर तीन खंड बन जाते हैं। इसके बाद एक तीसरा लड़का बीच वाले खाली भाग को छोड़कर अगल-बगल वाले खाली भाग में पैर रखकर बैठ जाता है। इसके बाद दोनों लड़के तीसरे लड़के के पैर को घुमाते हैं और तीसरा लड़का कहता है—

जय कन्हैया लाल की मदन गोपाल की, लइकासन के हाथी घोड़ा, बुढ़वासन के पालकी।

आँख मुदौवल

यह खेल कई जगहों पर चोर-सिपाही के रूप में भी जाना जाता है। इस खेल में एक दीवार को कोठा मान लिया जाता है। चोर बननेवाला लड़का दीवार की ओर मुँह सटाए रखता है। इस दौरान वह अपनी आँखों को बंद भी रखता है। खेल में सहभागी लड़के बोलते हुए भागते हैं और अपने को इस तरह छिपाते हैं कि चोर बना लड़का खोज न सके। चोर बना लड़का खोजने के क्रम में जिस भी लड़के को छू देता है, तो उसे चोर बनना होता है।

इस दौरान बोले जानेवाले आलाप होते हैं—

- खोलड़ केवाड़ झकझुमरी
  तहार भैया लेअइले चुनरी
- ए बनवारी खोलो केवाड़ी
  तहरा घर में लहँगा साड़ी
  आन्हर कनियाँ बूढ़ महतारी
  दुनु रोवे पारा-पारी

घोड़े का खेल

इस खेल में एक लाठी की जरूरत होती है। कोई भी लड़का लाठी को अपने दोनों पैर के बीच में रखता है। लाठी का बड़ा हिस्सा आगे की ओर निकला रहता है। लड़का दोनों हाथ से लाठी को पकड़े रहता है तथा

आगे की ओर बढ़ता है। इस दौरान वह कल्पना करता है कि वह घोड़े पर सवार है। इसका मजा लेने के लिए वह आलाप देता है—

दिन दहाड़े खेत उजारे, पांडेजी की घोड़ी
पांडे से बढ़ के निकली पांडेजी की घोड़ी

सतोलिया यानी गिट्टी फोड़ या पिट्टो

सतोलिया एक पारंपरिक खेल है, जिनमें बच्चों के दो समूह शामिल होते हैं। कभी-कभी इनमें बड़े लोग भी शामिल होते हैं। इस खेल को कई नाम सतोलिया, मारडरी, लागोरी, सात पत्थर, डिकोरी, लिंगोचा, ईझू, डब्बा काली, गिट्टी फोड़ या पिट्टो आदि नाम से जाना जाता है।

सतोलिया सात पत्थरों का ऐसा खेल है, जिसमें पैसा खर्च नहीं होता है और स्वास्थ्य भी बना रहता है। सात चपटे पत्थर, जिन्हें एक के ऊपर एक करके जमाया जाता है। नीचे सबसे बड़ा पत्थर होता है। उसके ऊपर की तरफ छोटा पत्थर। सबसे ऊपर सबसे छोटा पत्थर होता है। दो टीमें होती हैं और एक गेंद का इस्तेमाल होता है। यह खेल घर के बाहर मैदान में खेला जाता है। एक टीम का खिलाड़ी गेंद से पत्थरों को गिराता है और फिर उसकी टीम के सदस्यों को उसे फिर से जमाना पड़ता है।

और सतोलिया बोलना पड़ता है। कई जगहों पर इसे पिट्टो बोला जाता है। इस चपट पत्थर को सजाने और सतोलिया बोलने के बीच की अवधि में दूसरी टीम के खिलाड़ी गेंद से मारने की कोशिश करते हैं। यदि वह गेंद सतोलिया बोलने से पहले लग गई तो टीम बाहर। इस खेल में जितना चाहे, उतने लोग खेल सकते हैं। लेकिन दोनों टीमों के सदस्यों की संख्या बराबर होनी चाहिए।

आइस-पाइस

इस लोकखेल को तीन-चार या उससे ज्यादा बच्चे आपस में मिलकर खेल सकते हैं। इसमें एक बच्चा एक से 10 या 20 या 50 तक की गिनती का सस्वर पाठ करता हैं और इस दौरान बाकी बच्चे छिप जाते है। एक बच्चा जो स्पाई या सिपाही बना होता है, सभी छुपे बच्चों को ढूँढ़ता है। अगर कोई भी बच्चा स्पाई के ढूँढ़ने से पूर्व ही उसे छू लेता है, तो स्पाई या सिपाही को फिर से गिनती करनी पड़ती है। यह क्रम तब तक चलता है, जबतक स्पाई पहले किसी बच्चे को ढूँढ़कर आइस-पाइस न बोल दे। जिस बच्चे को देखकर आइस-पाइस बोला जाता है, उस बच्चे को इसके बाद स्पाई बनना होता है। इस खेल को कही लुका छिपी, कही चोर-नुकैया, हाइड एंड सीक आदि के नाम से जाना जाता है।

स्टापू या टिका

स्टापू काफी मजेदार खेल है। इसमें जमीन पर अलग-अलग डिजाइन बनाकर खेला जाता है। स्टापू एक लकड़ी का टुकड़ा होता है, जिसे पहले फेंका जाता है। उसके बाद पैर से फुदकते हुए उसे वापस लाना होता है। इस खेल को दो खिलाड़ी या इससे अधिक के साथ भी खेला जा सकता है। यह काफी प्राचीन खेल है। इस कारण विभिन्न क्षेत्रों में इस खेल के नाम बदल जाते हैं। कहीं पर इसे लँगड़ी टाँग, कहीं पाँव टिका, कितकित आदि कहा जाता है।

पोशम-पा

पोशम-पा मनोरंजक एवं ध्यान को एकाग्रचित करनेवाला खेल है। इसमें दो लड़कियाँ अपने एक-दूसरे के हाथ को पकड़कर पुल का निर्माण करती हैं। इसके बाद समूह में खड़ी लड़कियाँ बारी-बारी से उस पुल के नीचे से गुजरती हैं। इस दौरान पोशम-पा भाई, पोशम पा भाई का गायन करती हैं। गाना जैसे ही खत्म होता है, वैसे ही हाथ से बना पुल नीचे की ओर आता है और किसी एक लड़की या बच्चे को फँसा लेता है। जो बच्चा फँस जाता है, वह खेल से बाहर हो जाता है।

चंदा मामा

इस खेल में आठ से दस साल के लड़का और लड़की शामिल होते हैं। इसमें वृत्ताकार एक हाथ का घेरा बनाया जाता है, जिसमें सभी बच्चे चक्कर काटते हैं। गाँव में यह खेल सामान्यत: शाम को होता है। जिसमें लड़के चक्कर खाकर गिर जाते हैं। गिरनेवाले लड़के को एहसास होता है कि यह सब चकोह के मारने का परिणाम है।

चक डोले चक बमक डोले। खैरा पीपर कबहुं ना डोले॥

झुन झुन तकली

इसमें तीन-चार बच्चे वृत्त बनाकर खड़े होते हैं। इसके बाद एक-दूसरे के हाथ को पकड़कर चक्कर खाते घूमते हैं। इस दौरान उनके बोल होते हैं—

जोतला खेत में
तावा गिरे
तावा रे पुरानी
भइया के
झुनझुनवा गिरे
भौजी के चुहानी

अर्थात् खेत को जोतकर तैयार किया जा चुका है। बहुत गरमी है। भैया के झुनझुना, भाभी के चूहानी गिर रहा है।

आखिर में झुन झुन तकली, झुन झुन तकली··· इन शब्दों का उच्चारण करते हुए बच्चे खेत में कूद जाते हैं।

लूती लूतल दागीले

इस खेल में दो लड़के आमने-सामने खड़े होकर एक-दूसरे का हाथ पकड़ते हैं। इसके बाद हाथ पलटकर एक-दूसरे के कंधे को पकड़ लेते हैं। इसके बाद धीर-धीरे चक्कर काटते हैं। इसके पश्चात् एक लड़का सवाल करता है और दूसरे लड़के को लड़की की आवाज में जवाब देना होता है।

सवाल—भतवा पकवलुहऽ द्दक ?
जवाब—हंऽ द्दड्डक

सवाल—दालवा पकवलुहऽ द्दक ?
जवाब—हऽ द्दक

सवाल—तरकारिआ पकवलुहऽ द्दक ?
जवाब—हऽ द्दक

सवाल—बाबूजी के खिअवलुहऽ द्दक ?
जवाब—हऽ द्दक

सवाल—माई के खिलवलुहऽ द्दक ?
जवाब—हऽ द्दक

सवाल—अपने खइलहऽ ?
जवाब—हऽ दुदक

सवाल—हमार बखरवा ?
जवाब—बिलार ले गइल।

इसके बाद दोनों बच्चे जोर-जोर से चक्कर काटते हैं और गाते हैं—

आवेली बिलारी दाई
लूती-लूती दागिले।
आवेली बिलारी दाई
लूती-लूती दागिले॥

अन्हरिया अंजोरिया (अँधेरा और उजाला)

इस खेल में मैदान को दो भाग में विभाजित करते हैं। एक भाग का नाम अन्हरिया और दूसरे भाग का नाम अंजोरिया रखा जाता है। एक लड़का अंजोरिया भाग में खड़ा रहता है, और बाकी लड़के अन्हरिया भाग में खड़े रहते हैं। ये लोग दौड़ के अंजोरिया भाग में आने का प्रयास करते हैं। इस दौरान अंजोरिया भाग में खड़ा बच्चा उनको स्पर्श करने का प्रयास करता है। जैसे ही अंजोरिया वाला लड़का छूने का प्रयास करता है, बाकी सभी लड़के बोलते हुए अपने भाग में वापस आ जाते हैं—

तहरा अंजोरिया में ढब ढब कीरा

अंजोरिया वाला बच्चा जिसको छू देता है, वह अब दूसरे लड़कों को स्पर्श करने का प्रयास करता है।

माटी जीतात

दो लड़के मिट्टी को सान के रखते हैं। इसमें हरेक लड़का

मिट्टी को इस प्रकार सानता है कि वह गोल कटोरी की तरह बन जाए। इसके बाद दोनों बच्चे उस मिट्टी की गोली को अपनी तलहथी पर उठाकर कान के समीप बारी-बारी से ले जाते है। इस दौरान वे उच्चारण करते हैं—

हे काने लोटा
हे काने थरिया
मुरगा बोले
कुकडू कू

इसके बाद जोर से गोल कटोरी की तरह बनाए मिट्टी को धरती पर पटक दिया जाता है। जिसकी कटोरी से ज्यादा आवाज आती है, वह विजयी होता है। इसके बाद कम आवाज वाली मिट्टी के बच्चे को उतनी ही मिट्टी दूसरे को देनी होती है।

हरदी गुरदी लायची

यह खेल तीन लड़कों के बीच होता है। दो लड़के अपना एक-एक हाथ जोड़ लेते हैं। इसके बाद तीसरा बच्चा अपने हाथ को दोनों लड़के के कंधों पर रख देता है। इसके बाद अपना पैर कंधे के ऊपर से जोड़े हाथ पर रख देता है। इसके बाद दोनों लड़के दौड़ते हैं और कहते हैं—

हरदी गुरदी लायची, बेनिया डोलायची।

कित्ता

गाँव का यह बहुत प्रसिद्ध पारंपरिक खेल है। वैसे इसे सभी वर्ग के लोग खेलते हैं, लेकिन यह लड़कियों का प्रिय खेल है। कित्ता या कित-कित खेल पैर से खेला जानेवाला खेल है, इसमें एक पैर से गोटी फेंकी जाती है तथा विभिन्न रेखा विभाजन द्वारा निर्मित घरों को पैर द्वारा

गोटी फेंककर घर का अधिग्रहण किया जाता है। इसमें घर अधिग्रहण करनेवाला खिलाड़ी घर को बाँधकर उस पर अपना एकाधिकार करता है, जिसे विपक्षी खिलाड़ी उसमें घुसकर अधिकार को तोड़ नहीं सकते। इसमें घर की रक्षा, जीतने की प्रवृत्ति, साम्राज्य विस्तार जैसे उच्च आदर्श होते हैं। इन्हीं गुणों को हमारी बहनें खेल के माध्यम से सीखकर परिवारिक जीवन में उतारती हैं।

गोली या कंचा या अंटी

गोली को खेलना अच्छा नहीं माना जाता है। यह माना जाता है कि इस खेल को गलियों एवं गाँवों के गंदे बच्चे या गरीब परिवार के बच्चे ही खेला करते हैं। मकर संक्रांति पर विशेष रूप से काँच की गोलियाँ खेली जाती थीं। पुराने इतिहास में भी काँच की गोलियों का जिक्र मिलता है। सामान्य जन की भाषा में काँच की गोलियों को अंटी या कंचा भी

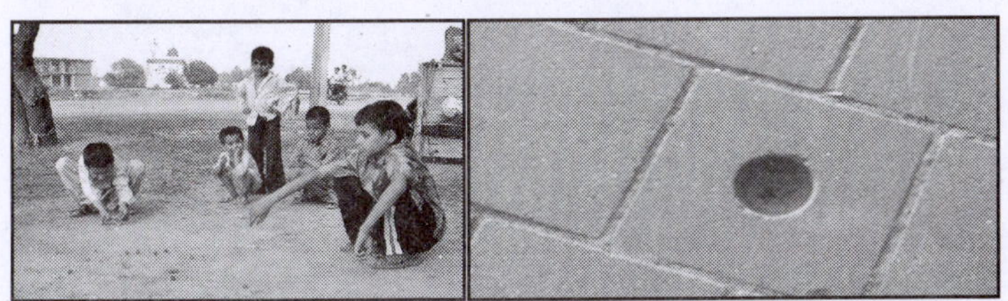

कहा जाता है। इसको लेकर एक मुहावरे का प्रयोग किया जाता है—कंचे लड़ाना, यानी उम्र बीतने के बावजूद भी बचपना कायम रखना।

बचपन का यह लोकप्रिय खेल है। बचपन में स्कूल हो या कि घर, सभी लड़कों की जेबें कंचों से भरी रहती थीं। जहाँ कहीं दो-चार बालक जमा हुए और समय मिला, तुरंत जमीन में 'गुच्चक' बना दी जाती और खेल शुरू हो जाता। गोली खेलने के लिए जमीन में बनाए इस गड्ढे को गुच्ची भी कहा जाता था। घरों में कंचे किसी शीशे या डिब्बे में बड़े जतन से रखे जाते और अगर शाम तक कुछ कंचे जीतकर उनमें इजाफा

हो गया तो खुशी का ठिकाना न रहता। अकसर इस बात पर होड़ रहती कि किसके पास सबसे ज्यादा कंचे हैं। लड़कों के बीच यह कंचे इतने लोकप्रिय थे कि हर दुकान पर आसानी से मिल जाते। दस पैसे में दस रंग-बिरंगे कंचे। कांच की रंगीन एवं विभिन्न प्रकार की गोलियों से खेलने का ही मजा कुछ और होता था। जमीन में एक गड्ढा बनाकर कुछ दूरी पर निशान बनाकर समूह में बच्चे खड़े हो जाते थे। इसके बाद बारी-बारी से गड्डे में अपने कंचे को डालना होता था। जो जितना अधिक बार गड्ढे में अपने कंचे को डालता था, वह विजेता घोषित किया जाता था। इस खेल को शहरों में खेले जानेवाले विलियडर्स का रूप कह सकते हैं।

लट्टू

बचपन में गाँव-देहात में जितना लोकप्रिय कंचा था, उससे कम लट्टू नहीं था। लट्टू एक प्रकार का खिलौना है, जिसमें सूत की रस्सी लपेटकर खींचा जाता है। खींचने के परिणामस्वरूप लट्टू अपनी धूरी पर नाचने या घूमने लगता है। लट्टू के बीच में कील गड़ी होती है, जिस पर यह नाचता है। लट्टू लकड़ी का बना होता है। लट्टू को जमीन पर नचाते हैं, लेकिन हाथ पर नचाने का मजा ही कुछ और आता है। एक बार लट्टू को नचा देने पर यह काफी देर तक घूमता है। अगर लट्टू का आकार ठीक गोलाई में नहीं हो तो वह घूमता नहीं है।

बचपन में लट्टू नचाने और गुंजा फाड़ खेलने का मजा ही और था। लट्टू को नचाकर जमीन पर रखे दूसरे लट्टू को तोड़ने या फाड़ने को गुँजा फाड़ कहा जाता है। इस कारण हर बच्चे के पास तब कई-कई लट्टू हुआ करते थे। सच कहा जाए तो लट्टू और बचपन एक-दूसरे के

पर्याय थे। आज लट्टू का मतलब चाभी से नाचने वाले खिलौने से है।

रस्सी कूदना

आम तौर पर यह मान्यता है कि रस्सी कूदने से वजन घटता है। यह शरीर को तंदरुस्त रखने का अच्छा व्यायाम है। हालाँकि गाँव-देहात में इसे दूसरे तरीके से खेला जाता है। वहाँ इसे मजा लेकर खेलने की परिपाटी है। इसमें दो लड़कियाँ एक रस्सी के दोनों सिरों को पकड़कर खड़ी हो जाती हैं। इसके बाद रस्सी को घुमाती हैं। इस दरम्यान तीसरी लड़की बीच में कूदती है। इसमें बिना किसी व्यवधान या रुकावट के सभी लड़कियाँ कूदती हैं और जो सबसे ज्यादा कूदती है, उसको विजयी घोषित किया जाता है।

पतंग

पतंग उड़ाने का शौक भारत में हजारों साल पुराना है। कई पवित्र लेखों में चीन के बौद्धयात्रियों के संग पतंग उड़ाने की कला भारत पहुँची। पतंगबाजी भारत के हरेक क्षेत्र में की जाती है, लेकिन गुजरात के इलाके में पतंग महोत्सव होता है। पतंग उड़ाने का सबसे अनुकूल मौसम जाड़े में होता है। वैसे मकर संक्रांति के समय पतंग उड़ाया जाता है।

बचपन में पतंग उड़ाने के साथ पेच लड़ाने में बहुत मजा आता था। पेच लड़ाते ही दो पतंग में से एक पतंग कट जाती। इसके बाद कटी पतंग को लूटने का मजा अमृत पान के समान होता था।

चोर सिपाही

यह घर के अंदर परिवार के सदस्यों के बीच खेला जानेवाला खेल है। इसमें चार परची पर राजा, मंत्री, चोर और सिपाही लिखा जाता है। क्रमवार तरीके से राजा को अधिकतम अंक उसके बाद मंत्री के अंक, सिपाही के अंक को कागज पर दर्ज कर दिया जाता है। चोर की परची पर शून्य अंक दिया जाता है। इसे चार लोग मिलकर खेलते हैं। इसमें जिस व्यक्ति को सबसे अधिक अंक मिलते हैं, वह जीतता है।

कागज की नाव

बारिश के बहते पानी के साथ कागज की नाव को तैराने का खेल सभी के बचपन का सुखद एवं मजेदार खेल रहा है। इसमें बच्चे खुद

कागज की नाव, जहाज बनाना सीखते हैं। फिर कठवत या किसी गड्ढे में जहाँ पानी लबालब भरा हो, वहाँ नाव को उतारा जाता था। इसके बाद पीछे से नाव को

पानी की लहर के साथ धकेलने का कार्य किया जाता था, ताकि नाव दूर तक जाए।

जीतेंद्र वेद की एक कविता है—

पहले खाते थे हलवा
अब खाते हैं पाव।
कहाँ खो गई इस भागदौड़ में
वह कागज की नाव॥

काँवा उड़ऽ

मानसिक एकाग्रता एवं बुद्धि के विकास के लिए बच्चों में यह खेल बड़े चाव से आज भी खेला जाता है। इसे बच्चे काफी ध्यान से खेलते हैं। इस खेल में उड़ने वाले पक्षियों का उच्चारण किया जाता है। इसके साथ ही बीच में अचानक पशु या ऐसे जानवरों का उल्लेख उड़ने के संदर्भ में किया जाता है, जो उड़ नहीं सकते। इसमें एक बच्चा बोलता है—काँवा उड़ऽ, मैना उड़ऽ, तोता उड़ऽ। अचानक बोला जाएगा कि बकरी उड़ऽ। जो बच्चा बकरी उड़ऽ कहने पर अँगुली उठाएगा, उसको असफल घोषित किया जाएगा। यह खेल तब तक जारी रहता है, जबतक एक बच्चा बच नहीं जाए। जो बच जाता है, वह विजयी होता है।

टायर दौड़

साइकिल के पुराने टायरों को लेकर रेस लगाना अब नहीं दिखाई देता है। बचपन में यह गरीब बच्चों का अहम खेल होता था। इसमें बच्चों

का समूह शामिल होता था। सभी बच्चे टायर पर डंडा मारकर एक साथ दौड़ने की रेस लगाते थे। जो सबसे आगे होता, वह सफल घोषित किया जाता। टायर का जुगाड़ करना भी बचपन में एक बहुत बड़ा काम होता था। इसके लिए माँ और पापा से खुशामद किया जाता था। इसके बाद किसी साइकिल की दुकान से कुछ पैसा देकर पुराने टायर को खरीदा जाता था।

गोटी

मौसम और समय के पहर के हिसाब से भी किस्म-किस्म के खेल हुआ करते थे। जिससे न सिर्फ बच्चों का मनोरंजन होता, बल्कि इन खेलों के माध्यम से बच्चे बहुत कुछ सीखते भी थे। गोटी या गोटे का खेल भी इस प्रकार का था। यह खेल सामान्यत: भरी दोपहर में काफी इत्मीनान से खेला जाता था। गोटी या गोट में कई प्रकार के खेल होते थे। सिंह-बकरी, बारह गोटा, अठारह गोटा, चौबीस गोटा, चीठा मीठा आदि खेल भी काफी प्रचलित थे। शतरज की तरह 64 घेरों में सिंह और बकरी का खेल बहुत मजेदार होता था। इसमें 16 या 32 गोटियों के रूप में बकरियों

के समूह और सिंह के बीच युद्ध होता था, जिसमें अपनी बुद्धि से बकरी की ओर से खेलनेवाला व्यक्ति सिंह को घेरता था।

चम्मच दौड़

यह बच्चों का बहुत प्रिय खेल है। इस खेल में प्रतिभागी बच्चों को एक चम्मच में कंचा रखकर उस चम्मच को मुँह से पकड़ना पड़ता है। इसके बाद एक छोटी दूरी की दौड़ होती है। इस दौड़ में चम्मच में रखा हुआ कंचा नहीं गिरना चाहिए। यदि कंचा चम्मच से गिर जाता है, तो प्रतियोगी खेल से बाहर हो जाता है। यह काफी मनोरंजक एवं रुचिकर पारंपरिक खेल है, जिसमें शरीर का संतुलन एवं मन की एकाग्रता का अभ्यास होता है। इस प्रकार दौड़ते हुए सूई में धागा लगाने का भी खेल लड़कियों के बीच खेला जाता रहा है। ये सारे खेल आजकल ग्रामीण क्षेत्रों के सरकारी विद्यालयों तक ही सीमित रह गए हैं।

टेसू-झाँझी

शरद ऋतु में टेसू-झाँझी तथा साँझी का खेल बच्चों द्वारा खेला जाता

है। बच्चों के लिए मनोरंजक खेल होने के साथ ही इसका अनुष्ठानिक महत्त्व भी है। आश्विन मास के पितृपक्ष में बालक-बालिकाएँ टेसू-झाँझी के मिट्टी से बने खिलौनों को लेकर गीत गाते हुए अनाज या पैसा एकत्र करते हैं। बालिकाएँ पितृ पक्ष में 15 दिनों तक दीवाल पर गोबर, फूल, कोड़ी आदि से प्रतिदिन साँझी चित्रांकन करती हैं। जिसमें एक कथाक्रम चलता है।

टेसू का खिलौना कुछ इस प्रकार का होता है कि जिसमें बाँस की तीन तीलियों पर पगड़ी बाँधे एक पुरुष का चेहरा रखा जाता है। इसे टेसू कहा जाता है। टेसू को महाभारत के वीर योद्धा बभ्रुवाहन का प्रतीक माना जाता है। झांझी एक हड़िया होती है, जिसमें बहुत से छिद्र होते हैं। और उसके अंदर एक दीपक जलाकर रखा जाता है। इससे प्रकाश छनकर बाहर आता है। टेसू-झाँझी के खिलौने कुम्हार बनाते हैं और उसे आकर्षक रंगों से सजाते हैं। साँझी की ब्रज में एक लोकदेवी के रूप में मान्यता है। साँझी में प्रतिदिन नवीन चित्रांकन किया जाता है, उसकी

पूजा-अर्चना की जाती है, आरती उतारी जाती है और गीत गाए जाते हैं। साँझी के अंतिम दिन जो चित्रांकन किया जाता है उसे कोट कहा जाता है।

कठपुतली

कठपुतली के खेल की कई विशेषताएँ रही हैं। सूत्रों द्वारा संचालित होने के कारण हाथ की अंगुलियाँ ही इन पुतलियों की एकमात्र प्राण-प्रतिष्ठापक, नियंता तथा विधायक होती हैं। काठ की बनी इन पुतलियों के हाथ-पाँव न होकर केवल धड़ ही होता है। बाद में कपड़े और रुई के माध्यम से इनके हाथ और पाँव बना लिये जाते हैं। पाँवों के नीचे लंबा झग्गा पहना दिया जाता है। तलवे के करतब और अंगुलियों के करिश्मों के इस मिले-जुले रूप ने ही आगे जाकर गुड़िया के खेल को जन्म दिया।

पहले कठपुतली के खेल में उज्जैन के राजा विक्रमादित्य के व्यक्तित्व को दरशाया जाता था। बाद में इसमें पृथ्वीराज चौहान और संयोगिता के स्वयंवर को शामिल किया गया।

जलेबी दौड़

इस खेल में बच्चे भाग लेते हैं। इस पारंपरिक खेल में एक लंबी रस्सी के सहारे जलेबियाँ लटकाई जाती हैं। जो बच्चे इस खेल में भाग लेते हैं, उनके हाथ को पीछे की तरफ करके बाँध दिया जाता है। दौड़ लगाने वाले बच्चों को बिना हाथ से जलेबी को छुए ही मुँह से खाना होता है। इस खेल में बच्चों के साथ महिलाएँ भी भाग लेती हैं। इस खेल में एक साथ दो काम होते हैं। स्वाद के साथ खेल। यह खेल अधिकतर ग्रामीण स्कूलों में कराया जाता है।

लँगड़ी

गाँव की लड़कियाँ इस खेल को ख़ेलती हैं। इस खेल में चाक या खड़िया या फिर ईंट के टुकड़े से कई खाने बनाए जाते हैं। दो लड़कियाँ

इसे एक चपटे पत्थर के टुकड़े से खेलती हैं। पत्थर को एक टाँग पर खड़े रहकर बिना लाइन को छुए हुए सरकाना होता है। आखिर में एक टाँग पर खड़े रहकर इसे एक हाथ से बिना लाइन को छुए उठाना पड़ता है।

घरौंदा

इस खेल में लड़का और लड़की सभी शामिल हो सकते हैं। इसमें बच्चे एक साथ या अलग-अलग मिट्टी, बालू या धूल के घर बनाते हैं। इसमें घर के अंदर कमरे बनाए जाते हैं। इसमें आँगन, रसोईघर और अन्य कमरे होते हैं। छोटे बच्चे मिट्टी की ही सामग्री का खाना बनाते हैं। पुआ विशेष रूप से पकाया जाता है और बाँटा जाता है।

पंजा लड़ाना

इसमें दो लड़के अपने दाहिने हाथ के पंजे को लड़ाते हैं और जो दूसरे के पंजे को पीछे कर देता है, वह विजयी घोषित होता है।

□

प्राचीन काल के खेल

प्राचीन काल में आज की तरह क्रिकेट, फुटबॉल, पोलो, टेनिस जैसे खेल नहीं थे, लेकिन हमारे पूर्वज खेलों से न केवल परिचित थे, बल्कि अनेक खेलों को राज्याश्रय देकर उसका विकास भी करते थे। प्राचीन काल में राजा एवं महाराजा खुद ही खेल में सहभागी भी होते थे। उस समय खेल की श्रेष्ठ विधाएँ मौजूद थीं। यहाँ खेल को क्रीड़ा कहा जाता था। भारतीय वाङ्मय वेद, पुराण, उपनिषद् के अलावा हरिवंश, वर्णरत्नाकर, शैवरत्नाकर, मानसोल्लास आदि ग्रंथों में कई खेलों का विस्तृत वर्णन भी मिलता है। श्रीमद्‌भागवत में श्रीकृष्ण की बाल लीलाओं के संग जुड़े कई प्रकार के खेलों का वर्णन मिलता है, जिसमें प्रमुख हैं—घुड़दौड़, जलक्रीड़ा, झूला और गेंद का खेल।

कृत्रिम क्रीड़ा—जिस क्रीड़ा में बालक बैल का कपड़ा ओढ़कर या सिंह या चर्म ओढ़कर लड़ते थे, तथा मुँह से शब्द निकालते थे, वह कृत्रिम क्रीड़ा कहलाती थी। इसमें जंगल से लेकर पालतु पशुओं एवं पक्षियों की बोली निकालने का स्वाँग किया जाता है।

निलयन क्रीड़ा—यह खेल दो प्रकार से खेला जाता है। एक प्रकार में एक बच्चा छिप जाता है और दूसरा खोजता है। इसमें कुछ चोर बनते हैं और कुछ सिपाही बनकर खोज करते हैं। दूसरे प्रकार के खेल में बालक तीन श्रेणियों में अपने को विभाजित कर लेते हैं। पहला पशुपालक, दूसरा पशु चोर और तीसरा मेषायित। मेष यानी मेढ़ा बने बालक को चोर

उठाकर ले जाते हैं तथा पशुपालक उसे खोजते हैं। इस प्रकार के खेल का वर्णन श्रीमद्भागवत में मिलता है, जहाँ श्रीकृष्ण वत्सहरण नाम से इसे खेलते थे।

मर्कटोत्पलवन क्रीड़ा—इसमें बंदर की भाँति एक पेड़ से दूसरे पेड़ पर बच्चे अपने को छुपाते चलते हैं। इस खेल का वर्णन श्रीमद्भागवत में मिलता है।

शिक्यादि—इसमें गेंद जैसी वस्तु को जिसकी है, उसको न देकर एक-दूसरे को पास किया जाता है। जब गेंद का वास्तविक मालिक हार मान लेता है, तो उसे वापस की जाती है।

अहमअहमिका स्पर्श क्रीड़ा—इसमें एक बालक दूर बैठता है, और यह बाजी लगती है कि बच्चों के समूह में कौन उसे सबसे पहले स्पर्श करता है।

भ्रामण क्रीड़ा—इसमें बच्चों का समूह एक-दूसरे का हाथ पकड़कर झूलते या घूमते या उठने एवं बैठने की क्रिया करते हैं।

गर्तादिलघन क्रीड़ा—इसमें बच्चे दूर तक कूदने का प्रयास करते हैं।

विल्वादिप्रक्षेपण क्रीड़ा—इस खेल में गेंद या बेल को इस प्रकार से बच्चे फेंकते हैं, जो गंतव्य पर पहुँचने के पूर्व ही आपस में टकरा जाए। यह खेल सामान्यत: मैदान में खेला जाता है तथा गेंद को आकाश की ओर फेंका जाता है।

अस्पृश्यत्व क्रीड़ा—इस खेल में एक-दूसरे को छूने का प्रयास किया जाता है। जबकि हरेक दूसरा स्पर्श कराने से बचता है।

नेत्रबंध क्रीड़ा—इसमें तीन प्रकार के खेल होते हैं। एक प्रकार में आँख बँधे बालक या बालिका को पीछे से आकर हाथ से आँख को स्पर्श किया जाता है। स्पर्श के आधार पर बच्चों को स्पर्श करनेवाले बालक या बालिका का नाम बताना होता है। दूसरे खेल में बँधे नेत्रवाले

बालक को अपने आसपास के बालक या बालिका को छूना पड़ता है और अन्य बच्चे अपने को स्पर्श कराने से बचाते है। बँधे नेत्र वाला बच्चा जिस भी बालक या बालिका को स्पर्श कर देगा, उसे आँख को किसी कपड़े से ढकना होगा और अन्य बच्चों को बंद आँख से छूने की कोशिश करनी होगी।

स्पंदांदोलिका क्रीड़ा—इस खेल में बच्चे या बालिकाएँ झूलते हुए दो-तीन झूले पर सवार होने का प्रयास करते हैं।

नृप क्रीड़ा—इसमें एक राजा और दूसरा मंत्री बनकर खेलता है।

हरिण क्रीड़ा—इसमें बच्चे हिरण की तरह भागने की दौड़ प्रतियोगिता करते हैं।

जल क्रीड़ा—इसमें बच्चे पेड़ या किसी ऊँचे टीले से जल में छलाँग लगाते हैं। इस खेल का वर्णन माघ, भारवि और कालीदास के काव्यों में मिलता है। इस खेल को स्त्री और पुरुष भी साथ-साथ खेलते थे।

कंदुक क्रीड़ा—इस खेल में एक बालक गेंद को आकाश की ओर फेंकता है और दूसरा बच्चा उसको हाथ में कैच करने का प्रयास करता है। यदि दूसरा बच्चा गेंद को पकड़ नहीं पाता है, तो पहले वाले बच्चे के कंधे पर बैठकर पुनः गेंद को आकाश की ओर उछालता है। इस दौरान अन्य बच्चे जो खेल में सहभागी हैं, गेंद को कैच करने का प्रयास करते हैं।

नियुद्ध क्रीड़ा—इसमें घूसा मारकर या कुश्ती लड़कर खेल खेला जाता है। भीम और जरासंध के बीच इसी प्रकार की कुश्ती हुई थी।

मृगया क्रीड़ा—यह खेल राजाओं में आखेट के नाम से प्रसिद्ध रहा है।

पक्षिघात क्रीड़ा—इसमें श्येन की तरह पक्षियों को पकड़ना सिखाया जाता है।

चतुरंग क्रीड़ा—इस खेल का वर्णन भविष्यपुराण में है। इसे शतरंज,

चौपड़ या चांदमारी भी कहा जाता है।

लतोद्वाह क्रीड़ा—यह पेड़ और बेल के बीच विवाह कराने का खेल है। इस प्रकार का खेल व पूजन का उपयोग देवोत्थान चतुर्दशी के बाद गंगा दशहारा के अवसर पर तुलसी और शालिग्राम यानी भगवान् विष्णु के बीच शादी कराई जाती है।

वीटा क्रीड़ा—इसका महाभारत में उल्लेख है, जिसे गुल्ली डंडा कहा जाता है।

हल्लीश क्रीड़ा—इस खेल में वृताकार स्थिति में क्रमशः एक लड़की उसके बाद एक लड़का फिर एक लड़की व बाद में लड़का हाथ पकड़कर नाचते रहते हैं। इस खेल का वर्णन हरिवंश पुराण में मिलता है।

इसी प्रकार गाने के लिए गानकूर्दन, विवाह करने के स्वाँग बाल विवाह क्रीड़ा, विरहणी की तरह चित्र बनाने के लिए विरह क्रीड़ा, हाथी पर चढ़कर गेंद खेलने के लिए करिवाह क्रीड़ा, हिरण के रथ पर बैठकर मृगवाह क्रीड़ा, रास यानी गोप क्रीड़ा, सर पर घड़ा लेकर चलने के लिए घट क्रीड़ा, घोड़े पर चढ़कर गेंद खेलन का (तुलसीदास रचित गीतावली में उल्लेख) वर्णन भारतीय वाङ्मय में मिलता है, जो आज मृतप्राय हो चुका है।

□

लोक जीवन के विविध खेल

आत्म-ज्ञान के लिए स्वस्थ और स्वच्छ शरीर का होना अनिवार्य है। हम सुख-दु:ख शरीर के माध्यम से ही अनुभव करते हैं। अत: व्यायाम का महत्त्व भारत में बचपन से ही शुरू हो जाता है। मोक्ष प्राप्ति के लिए 'काया-साधना' करनी पड़ती है। हिंदू मतानुसार शारीरिक क्षमता की बढ़ोत्तरी करते रहना प्रत्येक प्राणी का निजी कर्तव्य है। अत: शरीर के समस्त अंगों के बारे में जानकारी होनी चाहिए। योग का अभिप्राय शारीरिक शक्ति की वृद्धि और इंद्रियों पर पूर्ण नियंत्रण करना है। इस साधना की प्रकाष्ठा समाधि, एकाग्रता तथा शारीरिक चलन हैं, जिनका विकास सभी खेलों में अत्यंत आवश्यक है। अष्टांग योग साधना के अंतर्गत आसन (उचित प्रकार के अंगों का प्रयोग), प्राणायाम (श्वास नियंत्रण) तथा प्रत्याहार (इंद्रियों पर नियंत्रण) मुख्य हैं।

भारतीय खेलों की मुख्य विशेषता थी कि मनोरंजन करने के लिए किसी विशिष्ट प्रकार के साजो-सामान की आवश्यकता नहीं पड़ती थी। न ही किसी प्रशिक्षित अंपायर की जरुरत पड़ती थी। खेल का मुख्य लक्ष्य मनोरंजन के साथ-साथ शारीरिक क्षमताओं का विकास करना होता था।

अन्य प्रकार के खेल जैसे—स्पर्श के खेल, मंडल रचना और बैठकर खेलने के खेल का अंतर्भाव प्राथमिक अभ्यास में मिलता है। यहाँ

दिए खेलों में से कोई भी अपनी प्रतिभा से योग्य परिवर्तन कर सकता है। स्थान-संख्या-शिक्षार्थियों की आयु-उपलब्ध समय आदि बातों को ध्यान में रखकर इन खेलों का अभ्यास किया जा सकता है।

□

द्वंद्वात्मक खेल

कुक्कुट युद्ध

जोड़ियों में से प्रत्येक खिलाड़ी अपना बायाँ पैर उठाकर बाएँ हाथ से पकड़ेगा और दाहिने हाथ से पीछे से बायाँ हाथ पकड़ेगा। यह कुक्कुट अवस्था होगी। इस स्थिति में खिलाड़ी अपनी दाहिनी भुजा से ढकेलकर प्रतिद्वंद्वी का हाथ छुड़ाएगा या उसे गिराने का प्रयत्न करेगा या मंडल के बाहर ढकेलेगा। जो अंत तक रहेगा वह विजयी होगा।

घुटने को रूमाल बाँधना

प्रत्येक खिलाड़ी के पास रूमाल होना चाहिए। अपने प्रतिद्वंद्वी के घुटने को रूमाल की कम-से-कम एक गाँठ मारना। ऐसा करनेवाला विजयी होगा। इस खेल में जमीन पर घुटने लग जाने पर खिलाड़ी बाहर हों जाएगा।

वृश्चिक युद्ध

एक खिलाड़ी के दोनों पैर दूसरे ने पीछे से अपनी कमर के पास पकड़कर ऊपर उठाना। पहले खिलाड़ी के हाथ जमीन पर रहेंगे, यह एक वृश्चिक (बिच्छू) स्थिति होगी। इस प्रकार अनेक जोड़ियाँ तैयार करना। इसमें एक बिच्छू से दूसरे को गिराना। जो बिच्छू गिर जाएगा वह बाहर होगा। अंत तक रहनेवाला बिच्छू (जोड़ी) विजयी होगा।

दिल्ली हमारी

एक खिलाड़ी एक छोटे मंडल में (32 से.मी. त्रिज्या) खड़ा रहेगा। इस मंडली को दिल्ली कहेंगे। मंडल में स्थित वह खिलाड़ी पूछेगा—दिल्ली किसकी? शेष खिलाड़ी कहेंगे—दिल्ली हमारी। यह तीन बार होगा। तीसरी बार पूछने के पश्चात् तुरंत उस मंडल का स्थान ग्रहण करने का सभी प्रयास करेंगे। सीटी बजने पर जो खिलाड़ी उस स्थान पर होगा वह विजयी कहलाएगा।

घुड़सवार युद्ध

एक खिलाड़ी की पीठ पर दूसरे का बैठना, पैर सामने। यह घुड़सवार होगा। खींचने पर नीचे गिरनेवाला या पीठ पर से उतरनेवाला घुड़सवार हारा माना जाएगा।

दीवार युद्ध

दो दल के खिलाड़ी पास-पास दो पंक्तियों में एक-दूसरे की ओर पीठ करके खड़े रहेंगे। प्रत्येक खिलाड़ी अपने बाजूवाले की कोहनी में अपनी कोहनी डालकर संकल बनाएँगे। खेल शुरू होने पर प्रत्येक पंक्ति वाला दूसरी पंक्तियों वाले को दो मीटर पीछे ढकेलने का प्रयास करेगा। जो दल पीछे हटेगा वह हारा माना जाएगा।

नौका युद्ध

तीन खिलाड़ी कोहनी से संकल बनाएँगे। यह एक नौका तैयार होगी। ऐसी अनेक नौकाओं का युद्ध होगा। जिस नौका की श्रृंखला टूटेगी वह नौका बाहर होगी।

प्रकोष्ठ दबाना

जोड़ी में खिलाड़ी आमने-सामने बैठेंगे। हाथ की कोहनी जमीन

पर टिकाना और प्रकोष्ठ खड़ा करना। दो खिलाड़ी हथेलियाँ आपस में फँसाएँगे। संकेत मिलने के बाद प्रतिस्पर्धी का प्रकोष्ठ जमीन पर टिकनेवाला विजयी होगा।

रेखा पर खड़े रहो

अपने पैरों के अँगूठे हाथ से पकड़ना। और एक रेखा पर सभी खिलाड़ियों का इस स्थिति में रहने का प्रयत्न करना। संकेत होने पर जिस खिलाड़ी को रेखा पर स्थान नहीं मिलेगा वह बाहर होगा। हर बार रेखा की लंबाई कम करनी चाहिए।

मंडल युद्ध

दो दलों में से एक दल 3 मीटर त्रिज्या के मंडल के अंदर रहेगा। दूसरे दल के खिलाड़ी मंडल के अंदर खड़े रहनेवाले खिलाड़ी को बाहर खीचेंगे। जो मंडल के बाहर जाएगा वह बाहर होगा। बाहर के दल के खिलाड़ी की पीठ मंडल के अंदर जमीन पर लग जाने से वह बाहर होगा।

मंडल से खींचो

सब खिलाड़ी मंडल के अंदर खड़े रहेंगे। एक खिलाड़ी मंडल के बाहर खड़ा होकर अंदर के खिलाड़ी को खींचकर बाहर निकालेगा। बाहर आया हुआ खिलाड़ी बाहर होगा।

धरम शाला

एक मंडल में (तीन मीटर त्रिज्या) सभी खिलाड़ी खड़े रहेंगे और एक–दूसरे को मंडल से बाहर ढकेलेंगे। बाहर आया हुआ खिलाड़ी बाहर होगा।

अग्निकुंड

दो खिलाड़ियों का अपने हाथ एक-दूसरे के कंधों पर रखना। दोनों के बीच (चार पैरों के बीच) एक मंडल (30 सेमी.) त्रिज्या खींचना। प्रत्येक ने अपने प्रतिद्वंद्वी का पैर इस मंडल में लाने का प्रयत्न करना। जिसका पैर मंडल के अंदर आएगा वह बाहर होगा।

पीछे ढकेलना

दो खिलाड़ियों को आमने-सामने खड़े होकर अपना सिर एक-दूसरे के कंधे पर रखना और दूसरे का हाथ पकड़ना, सीने से दूसरे को पीछे ढकेलना। मर्यादा रेखा के बाहर जानेवाला बाहर होगा।

□

सर्वश्रेष्ठ की विजय

दंड खींचना—दो प्रतिस्पर्धी एक-दूसरे की ओर पीठ कर खड़े रहेंगे, हाथ ऊपर। दोनों खिलाड़ियों के हाथों में एक ही दंड ऊपर पकड़ा हुआ रहेगा। प्रत्येक को अपने सीने के सामने दंड लाने का प्रयत्न करना। ऐसा दंड लानेवाला विजयी होगा।

संकल खींच—प्रत्येक दल के खिलाड़ी संकल बनाएँगे। किनारे के खिलाड़ी हाथ से दूसरी संकल के खिलाड़ियों को अपनी ओर खीचेंगे।

भस्मासुर—दूसरे खिलाड़ी के सिर पर हाथ रखना। जिसके सिर पर हाथ रखा जाएगा वह बाहर होगा।

भालू युद्ध—प्रतिस्पर्धियों को अपने पैर के अँगूठे हाथ से पकड़ना और दूसरे को गिराना या उसके हाथ छुड़ाना।

एक कूद : बाहर करो—मंडल रचना में सब खिलाड़ी खड़े रहेंगे। क्रमशः खिलाड़ियों को दोनों पैर मिलाकर एक कूद किसी भी दिशा में लगाना और दूसरे को हाथ से स्पर्श कर उसे बाहर करना।

लंबी कूद—सब खिलाड़ी एक रेखा पर खड़े होंगे, और वहाँ से दोनों पैर मिलाकर लंबी कूद लेने का प्रयास करेंगे। सबसे अधिक अंतर से एक कूद में लाँघनेवाला विजयी होगा।

खो-खो स्पर्धा—सभी खिलाड़ी दो गुटों में खो-खो की पद्धति से बैठेंगे। अंत का खिलाड़ी स्पर्श रेखा तक दौड़कर वापस आएगा, और पहले अंतिम खिलाड़ी को खो मिलने पर वह दौड़ना प्रारंभ करेगा।

निश्चित स्थान तक दौड़कर प्रथम वापस आनेवाला गुट विजयी होगा।

एक पैर ऊपर स्पर्धा—प्रारंभ रेखा पर सभी खिलाड़ी हाथ जमीन पर रखेंगे और एक पैर ऊपर उठाया हुआ। इस स्थिति में निश्चित स्थान तक दौड़कर प्रथम आनेवाला विजयी होगा।

मेढक कूद स्पर्धा—प्रारंभ रेखा पर सभी खिलाड़ी मेढक की स्थिति में बैठेंगे। संकेत होने पर निश्चित स्थान तक प्रथम पहुँचने वाला विजयी होगा।

तांडव नृत्य—सभी खिलाड़ी तीन मीटर त्रिज्या के मंडल में हाथ पीछे बाँधे हुए खड़े रहेंगे। दूसरे के पैर पर पैर रखने का प्रयास करेंगे। जिसके पैर पर पैर रखा जाएगा वह बाहर होगा।

तीन पैर स्पर्धा—खिलाड़ी दो की जोड़ी में खड़े रहेंगे। उनके एकत्र आए हुए बाएँ-दाएँ पैरों को रूमाल से बाँधकर तीन पैरों की जोड़ी खड़ी रहेगी। संकेत होने पर निश्चित स्थान तक प्रथम पहुँचने वाली जोड़ी विजयी होगी।

चोर घाटी—एक गुणा दो मीटर चतुष्कोण में एक खिलाड़ी (चोर) खड़ा रहेगा, यह चतुष्कोण घाटी है। सभी खिलाड़ी इस घाटी को पार करेंगे। चोर सबको पकड़ने का प्रयास करेगा। जिसकी पीठ घाटी के अंदर जमीन को लगेगी वह बाहर होगा।

मंडल दौड़—सभी खिलाड़ी तीन मीटर त्रिज्या के मंडल परिधि पर खड़े रहेंगे। संकेत मिलने पर मंडल पर एक दिशा में दौड़ेंगे और सामनेवाले की कमर पकड़ेंगे। जो पकड़ा जाएगा वह बाहर होगा।

दंड खींचना—दो खिलाड़ियों के आमने-सामने खड़े होकर दंड पकड़ना और अपने-अपने कदम खींचना। ऐसा करनेवाला विजयी होगा।

□

दो दलों का खेल

आह्वान—प्रत्येक दल का एक-एक खिलाड़ी दूसरे दल पर आक्रमण करेगा। आक्रमणकारी जिसको स्पर्श करेगा, वही दूसरा दल आक्रमणकारी को पकड़ सकता है। अपनी सीमा रेखा तक आक्रमणकारी पकड़ा न जाने से वह विजयी होगा। यही काम दूसरे दल के खिलाड़ी करेंगे।

राम-रावण—दो दल आमने-सामने खड़े होंगे। एक दल राम और दूसरा रावण होगा। जिस दल को प्रशिक्षक कहेगा वह दल पीछे अपनी सीमा रेखा तक दौड़ते जाएगा और दूसरा दल उनको स्पर्श करने के लिए उनका पीछा करेगा। जिसे स्पर्श किया जाएगा, वह बाहर होगा। जिस दल के खिलाड़ी ज्यादा बचेंगे वह दल विजयी होगा।

पत्थर वहन—प्रत्येक दल के प्रथम खिलाड़ी को रेखा तक जाकर पत्थर रखना, दूसरे के पत्थर लाना। यह क्रम चलता रहेगा। जिस दल का यह काम पहले पूर्ण होगा वह विजयी होगा।

खंडहर कूद—स्पर्श रेखा तक दौड़ते समय बीच में एक मीटर गुणा दो मीटर का चौकोन (खंडहर) होगा, उसके ऊपर से कूदना। प्रत्येक दल का अलग खंडहर होगा। वापस आते समय भी इसी प्रकार खंडहर लाँघकर आना होता है। बाद में प्रत्येक दल का दूसरा खिलाड़ी दौड़ेगा। जिस दल का काम पहले समाप्त होगा वह दल विजयी कहलाएगा।

अखंड लंबी कूद—प्रथम खिलाड़ी दोनों पैर जोड़कर लंबी कूद

लेगा। दूसरे को उस स्थान से पुनः लंबी कूद (पैर जोड़कर) लेना। पूरे दल की मिलाकर कूद की लंबाई निश्चित करना। ज्यादा अंतर से कूदने वाला दल विजयी होगा।

सर्प निद्रा—बायाँ हाथ दो पैरों के बीच में से पीछे देना और सामने वाले खिलाड़ी का बायाँ हाथ अपने दाहिने हाथ से पकड़ना। संकेत मिलने पर आखिर के खिलाड़ी के नीचे बैठना और लेटना। पूरा दल पीछे-पीछे जाकर लेटेगा। यह काम प्रथम करनेवाला विजयी होगा।

डमरू दौड़—दो दल आमने-सामने पंक्ति में 20 कदम पर खड़े रहेंगे। संकेत होने पर दोनों दलों के प्रथम खिलाड़ी दोनों दलों की पंक्ति से बने हुए चतुष्कोण के कर्णों पर से डमरू जैसे (अंग्रेजी 8 जैसे) दौड़कर अपना स्थान पंक्ति के पीछे से जाकर ग्रहण करेंगे। तुरंत द्वितीय खिलाड़ी यही काम करेगा। जिस दल का आखिरी खिलाड़ी यह काम प्रथम करेगा वह दल विजयी होगा।

प्रथम चलो—प्रत्येक दल के प्रत्येक खिलाड़ी के क्रमांक की घोषणा करेगा उस क्रमांक के खिलाड़ी शिक्षक के पास पहुँचेंगे। जिस दल के अधिक खिलाड़ी प्रथम पहुँचेंगे वह दल विजयी होगा।

घोड़ा कबड्डी—समान संख्या के दो दल रहेंगे। छूनेवाला दल अपना एक स्वयंसेवक (घोड़ा) भागने वाले दल का एक-एक खिलाड़ी (क्ष) घोड़े को स्पर्श करके कबड्डी-कबड्डी कहते हुए भागनेवाले खिलाड़ी का पीछा करने का प्रयास करेगा। भागने वाला 'क्ष' से अपने बैठे घोड़े की रक्षा करेगा। साँस टूटने पर वह बाहर होगा। सबकी दृष्टि चुराकर घोड़ा भागने का प्रयास करेगा, घोड़े को स्पर्श कर फिर उसे अपने स्थान पर बिठाना। छूनेवाले दल के सभी खिलाड़ियों का उपयोग होने के बाद दल का बदल करना।

अपरिचित साथी—प्रत्येक दल के प्रत्येक खिलाड़ी को क्रमांक दिया रहेगा। दोनों दल मैदान में दौड़ेंगे। शिक्षक के संकेत करते ही अपने

क्रमांक का साथी ढूँढ़कर निश्चित स्थान पर पहुँचना। जो जोड़ी अंत में आएगी वह बाहर होगी।

सुरंग—दो दलों के खिलाड़ी आमने-सामने पंक्ति में खड़े रहेंगे। एक खिलाड़ी दोनों पंक्तियों में से दौड़ते हुए जाएगा। पंक्ति में खड़े रहनेवाले खिलाड़ियों को इस दौड़नेवाले की पीठ पर थप्पा मारना होगा। उसको रोकना नहीं, या अपना स्थान छोड़ना नहीं।

उड़ती मछली—दो दलों के खिलाड़ी आमने-सामने पंक्ति में खड़े रहेंगे। अपने हाथ सामने वाले के कंधे पर। एक खिलाड़ी ने दूर से दौड़ते हुए आकर पंक्ति के खिलाड़ियों के हाथों पर कूदकर गिरना। पीठ ऊपर शरीर सीधा। शेष खिलाड़ियों को अपने हाथों पर से उसे उड़ाकर आगे फेंकना। यह क्रिया पूरा अंतर पार करने तक चलेगी।

रूमाल उठाओ—दो दलों को आमने-सामने खड़ा कर प्रत्येक दल के खिलाड़ी को क्रमांक दो, परंतु दोनों दलों के क्रमांक एक-दूसरे को ज्ञात नहीं होना चाहिए। दोनों दलों के बीचोबीच दो फुट की त्रिज्या के मंडल में एक रूमाल रखो। शिक्षक द्वारा क्रमांक पुकारने पर वे दोनों खिलाड़ी रूमाल के पास आएँगे और रूमाल उठाकर दूसरे द्वारा बिना छुए अपने दल में जाकर मिलने का प्रयत्न करेंगे। जिस दल के अधिक खिलाड़ी रूमाल ले जाने में सफल होंगे वह दल विजयी होगा।

रस्सी खींच—एक मजबूत लंबी रस्सी को दोनों दलों के खिलाड़ियों को आधे-आधे हिस्से में पकड़ना और अपनी ओर तीन कदम खींचना। ऐसा करनेवाला दल विजयी होगा। (आवश्यकता होने पर रस्सी को रूमाल से बाँध सकते हैं।)

□

खेलों के कुछ प्रकार

(1) स्पर्श के खेल

(2) स्पर्धात्मक खेल

(3) संग्रामात्मक खेल

(4) बैठकर खेल

(5) मनोरंजनात्मक खेल

आयु के अनुसार चार समूहों में खेल

1. प्रथम समूह—छोटे बच्चे	आयु—3 से 7 वर्ष
2. द्वितीय समूह—बालक	आयु—7 से 17 वर्ष
3. तृतीय समूह—तरुण	आयु—17 से 40 वर्ष
4. प्रौढ़	आयु 50 से अधिक

स्पर्श के खेल

ये खेल सामान्यतः छोटे बच्चों और बालकों के लिए ही खेले जाएँगे, परंतु तरुण भी ये खेल सकते हैं। इसमें छह या उससे अधिक बच्चे हो सकते हैं। वे सभी एक-दूसरे को विविध तरीके से स्पर्श यानी छूने का खेल खेलेंगे।

स्पर्श करने के प्रकार—

1. हाथ से स्पर्श।
2. कोहनी से स्पर्श।
3. हाथ पीछे बाँधकर सिर से स्पर्श।
4. घुटने के नीचे पैर से स्पर्श।
5. हाथ से स्पर्श।
6. मेंढक चाल से स्पर्श ।
7. उलटी चाल से स्पर्श।
8. कंधे से स्पर्श।
9. दोनों हाथों की कोहनी में दंड पकड़कर दंड से स्पर्श।
10. आँखों पर पट्टी बाँधकर हाथ से स्पर्श।

स्पर्शात्मक खेल

इस खेल में एक दल में कम-से-कम छह संख्या आवश्यक है। ऐसे दो दल होंगे। दलों की संख्या कुल संख्या पर निर्भर होगी। ये खेल बाल, तरुण, प्रौढ़, सभी सेविकाएँ खेल सकेंगी।

(1) ताली देना–

दल के खिलाड़ी एक के पीछे एक पंक्तिबद्ध खड़े रहेंगे। प्रत्येक दल के सामने विशिष्ट अंतर पर एक-एक खिलाड़ी रहेगा। प्रत्येक दल में खड़े खिलाड़ी, क्रम से खड़े खिलाड़ी के बाएँ हाथ पर ताली देकर उसके बाईं ओर से चक्कर लगाकर अपने स्थान पर पहुँचेंगे। पहले खिलाड़ी के पहुँचने पर ही दूसरा खिलाड़ी निकलेगा। इसी क्रम से प्रत्येक दल के खिलाड़ी ताली देंगे। जिस दल के खिलाड़ी ताली देने का काम सबसे पहले समाप्त करेंगे, उस दल को प्रथम क्रमांक और ऐसे ही क्रम से अन्य क्रमांक भी दिए जाएँगे।

(2) वस्तु फेंकना–

ऊपर दिए निर्देशानुसार ही यह खेला जाएगा। ताली के स्थान पर वस्तु हाथ में देना।

(3) दंड फेंकना–

प्रत्येक दल के खिलाड़ी दोनों पैरों में ढाई फीट का अंतर लेकर खड़ा रहेगा। प्रत्येक गुट की प्रथम सेविका के पास 3 फीट लंबा एक दंड रहेगा। प्रत्येक गुट की सेविका, सीटी बजाने पर अपने दोनों पैरों के बीच से दंड पीछे की ओर फेंकेगी। उसको गुट की अंतिम सेविका पकड़कर दाहिनी ओर दौड़ते हुए प्रथम सेविका के स्थान पर खड़ी हो जाएगी। अंतिम सेविका दौड़ते समय ही अन्य सेविकाएँ थोड़ी-थोड़ी पीछे सरकेंगी। जिससे प्रथम स्थान रिक्त रहेगा। इसी प्रकार से दंड फेंकने का, और दौड़ने का क्रम चलेगा। प्रथम सेविका फिर से अपने स्थान पर वापस आएगी तब खेल पूर्ण होगा। प्रत्येक गुट की प्रथम सेविका अपने स्थान पर जिस क्रम से पहुँचेगी, उसी के अनुसार उस गुट का क्रमांक लगेगा।

(4) मेंढक चाल स्पर्धा–

जितनी टीमें होंगी वे पंक्ति में खड़ी रहेंगी। प्रत्येक टीम के सामने निश्चित सीमा रेखा पर एक खिलाड़ी खड़ा रहेगा। खिलाड़ी के बदले ईंट-पत्थर कुछ भी रख सकते हैं। सीटी बजने पर पूरा गुट फुदकते हुए आगे बढ़ेगा, खिलाड़ी या अन्य वस्तु को अपने दाहिने हाथ से चक्कर लगाकर, अपने स्थान पर पहुँचेगा। जिस टीम का अंतिम खिलाड़ी अपने स्थान पर पहुँचेगा, उस टीम को प्रथम क्रमांक और पहुँचने के क्रम के अनुसार अन्य क्रमांक लगेंगे।

(5) उलटी चाल–

क्रमांक पाँच के अनुसार ही उलटी चाल चलते हुए प्रतियोगिता खेलना।

(6) लँगड़ी चाल–

उलटी चाल के स्थान पर लँगड़ी चाल से भी यह खेल खेला जा सकता है।

(7) खो-खो देना–

प्रत्येक टीम का अंतिम खिलाड़ी अपने से पहले खिलाड़ी को खो-खो देगा। और उसके स्थान पर बैठेगा। प्रथम खिलाड़ी सीमा रेखा को छूकर अंतिम खिलाड़ी के स्थान पर बैठेगा। उसके बैठते ही उसकी दोनों टीम बैठ जाएँगी। आगे आनेवाला खिलाड़ी को खो देगा और पहले वाले क्रमांक के अनुसार ही खेलेगा। प्रथम खिलाड़ी फिर से अपने स्थान पर आएगा, तब खेल समाप्त होगा।

स्पर्धात्मक खेल

(1) जहाज फोड़

एक, चार, छह संख्या के अनुसार पंक्तियाँ बनाना। प्रत्येक पंक्ति में आठ से दस बहनें रहेंगी। दो बहनें कमर पर हाथ रखेंगी—बीचवाली दोनों के बीच से हाथ निकालकर श्रृंखला बनाएँगी, गोलाकार में मंडल ही जहाज होगा। प्रत्येक जहाज अपनी अलग-अलग घोषणा देगा। जैसे हर-हर महादेव, बजरंग बली की जय, एकलिंगजी की जय, जय जवान जय किसान, भारत की नारी फूल नहीं चिनगारी है। 'झांसी मेरी है' आदि। सीटी बजने पर एक-दूसरे का जहाज तोड़ने का प्रयत्न करेंगे। जिस समूह

की बहन का हाथ छूट जाएगा, वह जहाज टूटा हुआ माना जाएगा। जो समूह अंत तक टिकेगा, वह जहाज विजयी रहेगा।

(2) छुक छुक गाड़ी

तीन-चार गुट बनाना। प्रत्येक गुट में कम-से-कम छह बहनें रहेंगी। एक-दूसरे की कमर पकड़कर खड़ी रहेंगी, मुँह से छुक-छुक आवाज करेंगी। सीटी बजने पर प्रत्येक गुट को निश्चित स्थान तक पहुँचकर अपने मूल स्थान पर वापस आना है। जो गुट प्रथम पहुँचेगा उसका प्रथम क्रमांक और उसी के अनुसार क्रमशः क्रमांक लगेंगे।

(3) मुरगी युद्ध

दो गुट आमने-सामने संख्या में पाँच मीटर के अंतर पर खड़े रहेंगे। दोनों गुटों की बहनों को क्रमांक देंगे। जो क्रमांक शिक्षिका पुकारेगी दोनों गुटों से वही क्रमांक हाथ पीछे बाँधकर लँगड़ी करते हुए सामने आएँगे। ये ही मुरगी होगी। ये दोनों, कंधे मस्तक का उपयोग करते हुए एक-दूसरे को गिराने का प्रयत्न करेंगे। जो सफल होगा उस गुट को 10 गुण प्राप्त होंगे। इस प्रकार जिस गुट के अंक अधिक होंगे वह गुट विजयी होगा।

(4) तांडव नृत्य

दस से पंद्रह बहनें रेखांकित मंडल के भीतर हाथ पीछे बाँधकर खड़ी होंगी। सीटी बजने पर पैर के पंजे पर उछलते हुए एक-दूसरे के पैर-पर-पैर देने का प्रयास करेंगी तथा जिसके पैर पर दूसरी बहन का पैर आएगा वह बाहर मानी जाएगी। इस प्रकार सभी बाहर होने पर पुनः इसी प्रकार खेल सकते हैं।

(5) शक्ति मापन

चूने से तीन रेखाएँ खींचना। मध्य रेखा से दोनों रेखाएँ समान अंतर पर रहेंगी। दो गुटों में समान संख्या में बहनें खड़ी होंगी। 'अ' गुट का प्रथम क्रमांक तथा 'ब' गुट का प्रथम क्रमांक मध्य रेखा पर हाथ में हाथ फँसाकर खड़े रहेंगे। सीटी बजने पर प्रतिस्पर्धा को अपने गुट की ओर खींचेंगे। जो सेविका विजयी होगी उसे 10 गुण प्राप्त होंगे। जिस गुट को अधिक अंक मिलेंगे वह गुट विजयी होगा।

(6) सहेली का बचाव करो

चार या छह का गुट बनेगा। एक बहन गुट के बाहर रहेगी, शेष तीन या पाँच हाथ पकड़कर समूह बनाएँगी। गुट की एक बहन गुट से बाहर किसी के सम्मुख खड़ी होकर उसी के मस्तक पर आघात करने का प्रयत्न करेगी। शेष अपनी सहेली को बचाने का प्रयत्न करेंगी। संरक्षक होंगी। इस प्रकार कार्य में परिवर्तन भी करना निश्चित समय तक खेलना।

(7) अग्निकुंड

सभी बहनें हाथ पकड़कर रेखांकित मंडल पर खड़ी होंगी। उसके अंदर एक केंद्रबिंदु के बाजू में छोटा मंडल खींचेंगे। उस अग्निकुंड में अपने आजू-बाजू वाली बहन को ढकेलना। हाथ छूट गया तो दोनों बाहर होंगी।

(8) स्थान बदलो-जगह पकड़ो

रेखांकित मंडल पर सभी बहनें खड़ी होंगी। एक बहन समूह के मध्य में खड़ी होगी। समूह पर खड़ी बहनों को क्रमांक देना होगा। शिक्षिका किन्हीं भी तीन बहनों को क्रमांक से पुकारेंगी। शिक्षिका कौन से भी तीन क्रमांक जोर से बोलेगी उन क्रमांक की बहनें आपस में स्थान

बदलेंगी। उस समय पर मध्य में खड़ी बहन उनमें से किसी एक का स्थान पकड़ने का प्रयास करेगी, इनमें से जो शेष रहेगी वह मध्य में खड़ी होगी।

संग्रामात्मक खेल

(1) विमान युद्ध (बाल गण)

तीन खिलाड़ियों का एक विमान बनेगा। दो खिलाड़ी आमने-सामने खड़े रहेंगे। दोनों खिलाड़ी अपने दाहिने हाथ को मोड़ेंगे और बाएँ हाथ के दंड पर रखेंगे। बाएँ हाथ से अपने सामने खड़े खिलाड़ी का मुड़ा हुआ हाथ पकड़ेंगे। इस प्रकार विमान तैयार होगा। तीसरा खिलाड़ी दोनों पैर बाजू में डालकर बैठेगा। इस प्रकार संख्या के अनुसार विमान बनेगा। सभी विमान आपस में युद्ध करेंगे। अंत में जो विमान बचेगा, वह विजयी होगा।

(2) घोड़ा युद्ध (बालगण)

एक दूसरे की पीठ पर बैठकर विमान युद्ध के समान ही घोड़ा युद्ध खेला जा सकता है।

(3) रस्सी खेंच प्रकार

दो गुट बनाना। दोनों गुटों में समान संख्या रहेगी। दोनों गुट पंक्ति बनाकर आमने-सामने खड़े रहेंगे।

पहला गुट—बोलेगा—हम फूलों से सजकर आए हैं, भई आए हैं।

दूसरा गुट—बोलेगा—किसको लेने आए हो, भई आए हो।

पहला गुट—'अ' (नाम) को लेने आए हैं, भई आए हैं।

दूसरा गुट—किसको लेने भेजोगे, भई भेजोगे।

पहला गुट—'ब' (नाम) को लेने भेजेंगे, भई भेजेंगे।

दूसरा गुट—बड़ी खुशी से ले जाओ, भई ले जाओ।

'अ' और 'ब' आमने-सामने बीच में खड़े हो जाएँगे। अपना बायाँ हाथ पीठ पर रखेंगे। दाहिने हाथ एक-दूसरे से फँसाकर दोनों अपनी-अपनी ओर खींचेंगे। इस तरह खींचकर अपने गुट में ले जाने से संख्या बढ़ेगी। इसी प्रकार बारी-बारी से सभी को बुलाया जाएगा और जिसमें अधिक संख्या होगी, वह गुट विजयी होगा।

(4) रस्सी खींचना

गुट क्र. 1 तथा 2 आमने-सामने खड़े रहेंगे। प्रत्येक गुट की सेविकाएँ एक-दूसरे के पीछे, कूर पकड़कर खड़ी होंगी। सीटी बजने पर दोनों गुटों के प्रमुख एक-दूसरे को खीचेंगे। जो पूरे गुट को अपनी ओर खींच लेगा, वह गुट विजयी होगा।

(5) संग्रामात्मक

प्रत्येक खिलाड़ी अपना दाहिना हाथ गरदन पर रखेगा। बाएँ हाथ से दूसरे का दाहिना हाथ उसकी गरदन से हटाने का प्रयत्न करेगा। अपना हाथ गरदन से न छूटे इसका ध्यान भी रखना है। जिसका हाथ गरदन से छूट जाएगा, वह बाहर। इस प्रकार अंत तक रहनेवाला खिलाड़ी विजयी होगी।

बैठेकर खेल

1. मेरी बहन देखी क्या

सभी बहनें खिलाड़ी समूह में बैठेंगी। एक खिलाड़ी दाँव देनेवाली होगी। वह दूर अंतर पर मंडल की ओर पीठ करके खड़ी रहेगी। ऐसे समय समूह में बैठी बहनें अपने में से एक को बहन बनाएगी। सभी ताली बजाएँगी। दाँव देनेवाली बहन समूह में आएगी। वह तीन प्रश्न पूछेगी। उन तीन प्रश्नों के उत्तर से उसे सही बहन पहचानना है। अत:

प्रश्न कुशलता से पूछने हैं। जिससे बहन की विशेषता का पता चले। जैसे मेरी बहन ने कान में क्या पहना है ? रिबन कौन से रंग की है ? हाथ में कितनी और कौन से रंग की चूड़ियाँ पहनी हैं ? आदि। दाँव देनेवाली बदलती जाएगी।

2. नेता ढूँढ़ो

सभी सेविकाएँ मंडल में बैठेंगी। दाँव देनेवाली सेविका मंडल की ओर पीठ कर के खड़ी रहेगी। इसी बीच मंडल की सेविकाएँ अपना नेता निश्चित करेंगी और ताली बजाएँगी। दाँव देनेवाली सेविका मंडल में घूमेगी। नेता को अपनी क्रियाएँ बदलते रहना है और अन्य सेविकाओं को नेता का अनुकरण करना है। दाँव देनेवाली को नेता ढूँढ़ना है। दाम देनेवाले को तीन अवसर दिए जाएँगे। यदि वह तीन अवसरों में नेता ढूँढ़ लेती है, तो वह नेता बनेगी। नेता बनी हुई सेविका दाम देने जाएगी। इस प्रकार खेल कुछ समय तक खेला जा सकता है।

3. अंक के स्थान पर शब्द

इस खेल में बहनें समूह में बैठेंगी। क्रम से अंक बोलेंगी। किसी एक अंक के उच्चारण के स्थान पर एक नियत शब्द जैसे 'राम' कहेंगी। उदा. अंक 3 का उच्चारण नहीं करना 'राम' कहना है तो 3, 13, 23, 30 जहाँ भी तीन आता है 'राम' बोलना। बोलने में जिसकी गलती होगी वह समूह से बाहर हो जाएगी।

4. क्रमांक बोलो

इस खेल में बहनें समूह में बैठेंगी। सभी को क्रमांक दिए जाएँगे जैसे तीन बहनें होंगी तो एक से तीस क्रमशः होंगे। खेल प्रारंभ होते समय प्रथम क्रमांक वाली बहन 30 के अंदर का कोई भी अंक बोलेगी। प्रथम

बहन जो क्रमांक बोलेगी वह जिस बहन से जुड़ा होगा वह स्फूर्ति से दूसरा क्रमांक बोलेगी। जो तीस के अंदर है और उसका स्वयं का नंबर नहीं है। यह कार्य स्फूर्ति से होगा तो ही खेल में आनंद आता है। यदि 30 संख्या है और किसी ने 31 बोला तो वह 30 क्रमांक के पश्चात् बैठेगी और पुन: उसी से एक संख्या से गिनती प्रारंभ होगी। सभी के क्रमांक बदलेंगे और खेल प्रारंभ होगा।

5. किसने क्यों बुलाया?

इस खेल में बहनें समूह में बैठेंगी। संकेत से सभी काम होगा। खेल प्रारंभ करनेवाली बहन अपनी दाहिनी ओर बैठी बहन के हाथ पर धीरे से मारेगी। जिसे मारा है वह हाथ के संकेत से पूछेगी क्यों बुलाया? प्रथम बहन तीसरे क्रमांक की बहन की ओर अंगुली से संकेत करेगी, जिसका अर्थ होगा 'मैंने नहीं बुलाया' अत: क्रमांक 2 की बहन दाहिनी ओर बैठी हुई बहन जिसकी ओर संकेत किया गया था, उसको मारेगी। वह संकेत से ही पूछेगी। वह अंगुली द्वारा संकेत करेगी। यह क्रम चलता रहेगा। शीघ्रता से खेलने पर आनंद आता है।

6. ग ग ग ग गधा

इस खेल में भी बहनें समूह में बैठेंगी। रूमाल या गेंद जैसी वस्तु एक-दूसरे को शीघ्रता से हस्तांतरित करती जाएँगी। इसी समय शिक्षिका केवल ग ग ऐसा बोलेगी, आगे का धा बोलने पर जिस के भी हाथ में वस्तु हो वह बहन बाहर होगी। वह ग ग बोलेगी। इस प्रकार खेल चलेगा।

7. झूम झूम कंकड़

सभी बहनें मंडल यानी समूह में बैठेंगी। एक बहन दाम देनेवाली होगी, जो मंडल से दूर मंडल की ओर पीठ करके खड़ी रहेगी। एक

कंकड़ किसी बहन के पास छुपाएँगे। सभी तालियाँ बजाएँगी। दाँव देनेवाली मंडल के अंदर आएगी। जिस बहन के पास कंकड़ है उसके पास दाँव देनेवाली जाती है तो तालियाँ धीमी होगी। उसके पास, बिल्कुल सामने, पास, पहुँचने पर तालियाँ धीमी होंगी, जिससे दाँव देनेवाली को जानना होगा कि इसी के पास कंकड़ है, उससे दूर जाती है तो तालियों की आवाज तेज होगी। दूरी बढ़ने पर क्रमशः आवाज तेज और दूरी कम होने पर आवाज कम। कंकड़ किसके पास है यह जानने के लिए कुछ निश्चित समय रहेगा। आयु के अनुसार आधा मिनट या एक मिनट।

8. जोड़ी समाओ

दो गुट समान संख्या में आमने-सामने बैठेंगे। प्रथम गुट की प्रथम बहन एक साथ शब्द बोलेगी। उसकी जोड़ी की साथी शब्द दूसरे गुट की प्रथम बहन को तुरंत बोलेगी। यदि प्रथम उत्तर न दे सकी तो द्वितीय बोलेगी। वह भी नहीं दे सकी तो प्रथम गुट की कोई भी बहन जोड़ी के साथ शब्द बोलकर 10 गुण प्राप्त करेगी। ऐसी स्थिति में प्रथम गुट की प्रथम और द्वितीय बहन की बारी चली गई। उदाहरण के लिए कप-प्लेट, चाय-चीनी, राम-सीता, गाय-बैल, गुड्डु-गुड्डी, एक शब्द की जोड़ी के साथ-साथ अनेक शब्द भी होंगे। महात्मा गांधी का आश्रम, विनोबाजी की कर्मभूमि आदि कुछ भी बोल सकेंगे।

9. विपरीत संख्या

सभी खिलाड़ी समूह में बैठेंगे। एक खिलाड़ी समूह के चारों ओर घूमेगा। किसी के भी सामने खड़ा होकर दो अंक की संख्या बोलेगा। जिसके सामने खड़ा है उस खिलाड़ी को तुरंत जो अंक बोला है उसका स्थान बदलकर दूसरी संख्या बनाना जैसे 26-62, 30-03, 49-94 इस प्रकार, गलत बोलने पर या अधिक समय लेने पर वो बाहर होगा।

10. वकील

समान संख्या में दो टीमें बनेंगी। दोनों टीम के खिलाड़ी आमने-सामने पैर फैलाकर जोड़ी से पैरों के पंजे एक-दूसरे से जुड़े हुए स्थिति में बैठेंगे। दाँव देनेवाला खिलाड़ी प्रश्न करेगा। वह किसी के भी दोनों पैरों के बीच में खड़ी होकर कुछ भी प्रश्न पूछेगा। जिससे प्रश्न पूछा जाएगा वह उत्तर नहीं देगा तो उसकी जोड़ी के खिलाड़ी को उत्तर देना होगा, जो उसका वकील बनेगा। जिससे प्रश्न पूछा है उसे उत्तर नहीं देना जिससे नहीं पूछा उसको देना है।

मनोरंजनात्मक खेल

1. आरोह-अवरोह

सभी मंडल में बैठेंगे। एक-एक खिलाड़ी क्रम से निम्नानुसार वाक्य शीघ्रता से बोलेगा। एक या दो-दो राउंड जैसा समय हो इस प्रकार बोलता जाएगा। प्रत्येक को पूरा बोलना है। 1 से 10 तक और 1 से 9 से 1 इस प्रकार जल्दी-जल्दी बोलने से अटकती और गलत बोलता है तो मनोरंजन होता है।

यमुना के तीर पर एक तो भी बुलबुल होंगे।
यमुना के तीर पर दो तो भी बुलबुल होंगे।
यमुना के तीर पर तीन तो भी बुलबुल होंगे।
यमुना के तीर पर चार तो भी बुलबुल होंगे।
यमुना के तीर पर पाँच तो भी बुलबुल होंगे।
यमुना के तीर पर छह तो भी बुलबुल होंगे।
यमुना के तीर पर सात तो भी बुलबुल होंगे।
यमुना के तीर पर आठ तो भी बुलबुल होंगे।
यमुना के तीर पर नौ तो भी बुलबुल होंगे।

इसी प्रकार एक तक बोलना। स्फूर्ति से बोलने से आनंद आएगा।

2. इंजिन की आवाज करो

संख्यानुसार टीम बनाएँगे। एक टीम में कम-से-कम चार खिलाड़ी हों। इस प्रकार चार टीम बनाएँगे। चारों टीम आमने-सामने पंक्ति में बैठेंगी।

प्रथम टीम को बोलना है—सरपट सरपट

द्वितीय टीम को बोलना है—इस्फक् इस्फक्

तृतीय टीम को बोलना है—झपक् झपक्

चतुर्थ टीम को बोलना है—कुक् कुक्

इस प्रकार सीटी बजने पर चारों, एक साथ अपने-अपने शब्द पाँच मिनट तक जोर से बोलेंगे। सभी की एकत्र आवाज से रेल इंजिन की आवाज स्पष्ट सुनाई देगी।

□

भारत में जन्मे वैश्विक खेल

शतरंज

दुनिया में शतरंज को दिमाग का खेल माना जाता है। बौद्धिक विकास के लिए शतरंज खेल का अभ्यास किया जाता है। यह भारत के प्राचीनतम खेलों में से है। इसका उद्‌भव आज से छह हजार साल से पहले त्रेतायुग में रावण की पत्नी मंदोदरी ने सबसे पहले किया। इस खेल के विकास के पीछे यह सोच थी कि राजा ज्यादा समय युद्ध में न

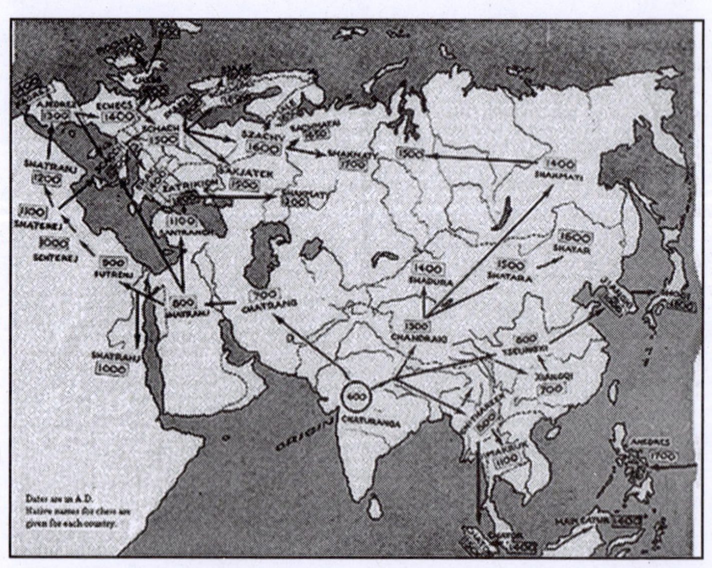

बिताए। इस खेल के उद्‌भव के साथ रावण पुत्र मेघनाद की पत्नी का नाम भी जोड़ा जाता है।

युद्ध कला पर आधारित यह खेल राजघरानों तथा सामान्य लोगों में अति लोकप्रिय रहा है। 'अमरकोष' के अनुसार इसका प्राचीन नाम 'चतुरंगिनी' था, जिसका अर्थ चार अंगों वाली सेना था। इसमें हाथी, घोड़े, रथ तथा पैदल सैनिक भाग लेते थे। इसका अन्य नाम 'अष्टपदी' भी था। इसको खेलने के लिए एक तख्ते की आवश्यकता पड़ती थी, जिस पर प्रत्येक दिशा में आठ खाने बने होते थे। यह खेल युद्ध की चालें, सुरक्षा तथा आक्रमण के सिद्धांतों का अद्‌भुत मिश्रण था। छठी शताब्दी में यह खेल महाराज अनुश्रिवण के समय (531-579 ईसवी) भारत से ईरान में लोकप्रिय हुआ। तब इसे 'चतुरआंग', 'चतरांग' और फिर कालांतर अरबी भाषा में 'शतरंज' कहा जाने लगा। ईरान में शतरंज के बारे में प्राचीन उल्लेख 600 ईसवी में कर्नामके अरताख शातिरे पापाकान में मिलता है। फिर दसवीं शताब्दी में फिरदौसी कृत महाकाव्य 'शहनामा' में भी इस खेल का उल्लेख है, जो विदित करता है कि शतरंज का खेल भारत के राजदूत के माध्यम से ईरान में लाया गया था। भारत से ही यह खेल चीन और जापान में भी गया। चीन के साहित्य में इसका उल्लेख न्यू सेंग जू की पुस्तक यू क्वाइ लू (बुक ऑफ मार्वल्स) में मिलता है, जो आठवीं शताब्दी के अंत में लिखी गई थी। दक्षिण पूर्व एशिया के देशों ने शतरंज का खेल भारत से ही आयात किया तथा कुछ देशों ने जैसे कि स्याम आदि ने भारत से चीन की मार्फत आयात करके सीखा।

मोक्ष-पट (साँप-सीढ़ी)

इस खेल का प्रारंभिक उल्लेख और श्रेय तेरहवीं शताब्दी में महाराष्ट्र के संत कवि ज्ञानदेव को जाता है। उस समय इस खेल को मोक्ष-पट का नाम दिया गया था। खेल का लक्ष्य केवल मनोरंजन ही नहीं था, अपितु

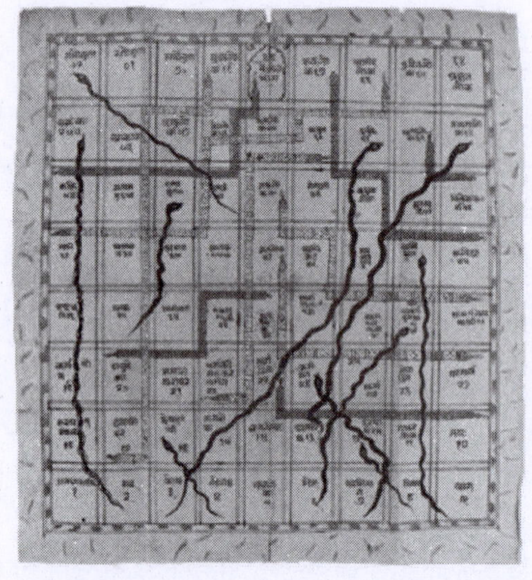

हिंदू धर्म मर्यादाओं का ज्ञान मनोरंजन के साथ-साथ जनसाधारण को देना भी था। खेल को एक कपड़े पर चित्रित किया गया था, जिसमें कई खाने बने होते थे और उन्हें 'घर' की संज्ञा दी गई थी। प्रत्येक घर को दया, करुणा, भय आदि भाववाचक संज्ञाओं से पहचाना जाता था। सीढ़ियाँ सद्गुणों का तथा साँप अवगुणों का प्रतिनिधित्व करते थे। साँप और सीढ़ियों का भी अभिप्राय था। साँप की तरह की हिंसा जीव को नरक में धकेल देती थी तथा विद्याभ्यास उसे सीढ़ियों के सहारे उत्थान की ओर ले जाते थे। खेल को सारिकाओं या कौड़ियों की सहायता से खेल जाता था। सत्रहवीं शताब्दी में यह खेल थंजावर में प्रचलित हुआ। इसके आकार में वृद्धि की गई तथा कई अन्य बदलाव भी किए गए। तब इसे 'परमपद सोपान-पट्टा' कहा जाने लगा। इस खेल की नैतिकता विक्टोरियन काल के अंग्रेजों को भी कदाचित भा गई और वह इस खेल को 1892 में इंग्लैंड ले गए। वहाँ से यह खेल अन्य यूरोपीय देशों में लुडो अथवा स्नेक्स एंड लेडर्स के नाम से फैल गया। यह साँप-सीढ़ी का खेल बोर्ड पर खेला जानेवाला खेल है। यह बच्चों एवं परिवारों का खेल है।

पोलो

आधुनिक पोलो की तरह का यह खेल 34 ईसवी में भारत के मणिपुर राज्य में खेला जाता था। तब इसे सगोल-कंगजेट कहा जाता है। घुड़सवारीयुक्त इस खेल में सगोल का अर्थ घोड़ा कंग मतलब गेंद तथा जेट यानी हॉकी की तरह स्टिक होता है। कालांतर में मुसलिम शासक उसी प्रकार से चौगान यानी पोलो तथा अफगानी शासक घोड़े पर बैठकर बुजकशी खेलते थे। लेकिन बुजकशी का खेल ज्यादा क्रूर था। केवल मनोरंजन के लिए ही एक जिंदा भेड़ को घुड़सवार एक-दूसरे से छीन-झपटकर टुकड़े-टुकड़े कर देते थे। सगोल कंगजेट का खेल अंग्रेजों ने पूर्वी भारत के चाय बगान निवासियों से सीखा और बाद में उसके नियम आदि बनाकर उन्नीसवीं शताब्दी में इसे पोलो के नाम से यूरोपीय देशों में प्रचलित किया। आज यह खेल विश्व के कई देशों में खेला जाता है। इस खेल को प्राय: धनाढ्य वर्ग या सेना के लोग ही खेलते हैं।

बैटलदौड़ या बैडमिंटन

बैटलदौड़ का प्रचलन प्राचीन भारत में आज से दो हजार वर्ष पूर्व था। उस खेल को आधुनिक बैडमिंटन की तरह पक्षियों के पंखों से बनी एक गेंद से खेला जाता था। आधुनिक बैडमिंटन खेल अंग्रेजों द्वारा बैटलदौड़ का रूपांतर और संशोधन मात्र है। इसे प्रारंभिक युग में पुन्ना कहा जाता था। इसे चिड़ी छक्का नाम से भी पुकारा जाता है। हालाँकि बैडमिंटन की शुरुआत 19वीं सदी के मध्य में ब्रिटिश भारत में मानी जाती रही है। भारत में तैनात ब्रिटिश सैनिक अधिकारियों ने इस खेल का सृजन किया था। ब्रिटिश छावनी शहर पूना में यह खेल खासतौर से लोकप्रिय रहा है। इस खेल को पूनाई के नाम से भी जाना जाता है। शुरू में इस खेल को गीले मौसम में उच्च वर्ग के लोग ऊन के गोले से खेलना पसंद करते थे। बाद में इसकी जगह शटलकॉक आ गया। बाद में इस खेल को

इंगलैंड में विकसित किया गया और नियम भी बनाए गए। सन् 1860 में लंदन के एक खिलौना व्यापारी इसहाक स्प्राट ने बैडमिंटन बैटलडोर नामक एक खेल पुस्तिका प्रकाशित की। बाद में इस पर और काम हुआ।

चौसर या पच्चीसी

इसे चेस पचीसी या चौसर भी कहा जाता है। यह पलंग की आकृति जैसी बनी होती है। दरअसल यह खेल जुआ से जुड़ा है। भारत के सबसे प्राचीनतम खेलों में चौसर का वर्णन आता है। कहा जाता है कि यह खेल भगवान् शिव ने माता पार्वती के मनोरंजन के लिए इजाद किया था।

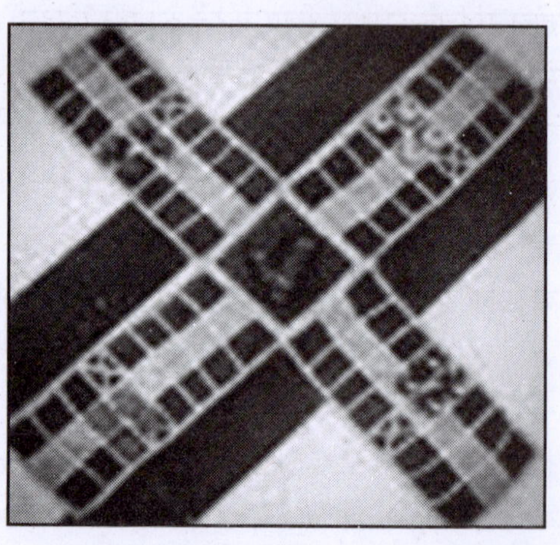

शकुनि को इसकी विशद जानकारी थी, जिसके सहयोग से महाभारत में कौरव और पांडव के बीच यह खेल खेला गया। यह खेल लगभग पाँच हजार वर्ष पुराना है। इसे भारत का राष्ट्रीय खेल कहना उचित होगा। यह खेल 'चौपड़', 'चौसर' अथवा 'चौपद' के नाम से जाना जाता है तथा आज भी भारत में खेला जाता है। यह लोकप्रिय और मनोरंजक भी है तथा नियमों आदि से बाधित भी है। मुसलिम काल में यह खेल शासकीय वर्ग तथा सामान्य लोगों के घरों में 'पाँसा' के नाम से खेला जाता था।

गंजिफा या ताश

ताश जैसे इस खेल का धार्मिक एवं नैतिक महत्त्व रहा है। ताश की तरह के पत्ते गोलाकार शक्ल में होते थे, जिस पर लाख के माध्यम से किसी पदार्थ या वस्तु का फोटो बनाया जाता था। गरीब लोग क़ागज या कंजी लगे कड़क कपड़ों के कार्ड का उपयोग खेल में करते थे। अमीर लोग हाथी के दाँत, सीपी की मोती या कछुआ की हड्डी का प्रयोग इस खेल में चित्रकारी के लिए करते थे। इस खेल में उपयोग होनेवाले कार्ड में पौराणिक चित्र भी बनाए जाते थे, तब कार्ड की संख्या 12 होती थी। खेल के एक अन्य तरीके नवग्रह गंजिफा में 108 कार्ड प्रयोग किए जाते थे। उनको नौ कार्ड की गड्डियों में रखा जाता था। प्रत्येक गड्डी सौरमंडल के एक नवग्रह को दरशाती थी। बाद में इसी गंजिफा को ताश कहा जाने लगा।

इस खेल में पहले राजा-रानी होती थी, लेकिन गुलामी के काल में राजा-रानी के स्थान पर बेगम और बादशाह हो गए। और अंग्रेजों के काल में क्वीन और किंग का प्रचलन हो गया। जिस देश में ताश गया, वह वहाँ के रंग में रँग गया। भारत में ताश के पत्तों का उपयोग भाग्य बताने के लिए भी किया जाता रहा है। आज भी ताश के पत्तों से जादू और ज्योतिषीय कार्य किए जाते हैं।

भारतीय ज्योतिष के अनुसार एक साल में 52 सप्ताह तथा चार ऋतुएँ होती हैं। इसी के आधार पर ताश के पत्तों का निर्माण किया गया। 52 सप्ताहों को यदि चार भाग में विभाजित कर दिया जाए, तो एक भाग में 13 दिन आएँगे। भारतीय मान्यता के अनुसार एक भाग को कर्म, दूसरे को धर्म, तीसरे को अर्थ तथा चौथे को मोक्ष माना गया। ताश के पत्ते भी चार रंग के होते हैं—लाल पान, काला पान, लाल चौड़ी और काली चौड़ी। एक जोकर भी ताश के पत्तों में होता है।

कबड्डी

पारंपरिक खेल हमारे भारतीय जीवन की प्रवाहात्मकता की अभिव्यक्ति हैं तो यह अभिव्यक्ति मुकम्मल रूप में कबड्डी के माध्यम से ही हुई है। कदाचित इसी कारण इसे राष्ट्रीय खेल भी कहा जाता है। कबड्डी का इतिहास अतीव प्राचीन है। इसका वर्णन महाभारत में एक श्वांस नाम से तो संत तुकाराम की साहित्य साधना में इसे अभंग नाम से पुकारा गया है। यह खेल संगठन का भाव भरता है। इसमें सभी मिलकर अपनी कमजोरी को छिपाते हैं और शक्तिशाली, चपल पुरुष आगे बढ़कर विपक्षी दल का सामना करते हैं। यही नहीं कबड्डी ही वह खेल है, जहाँ समता-समरसता का व्यक्ति पाठ पढ़ता है, सीखता है, राजकुमार हो, गरीब दरिद्र, कोई वर्ण का व्यक्ति हो, सभी एक-दूसरे का पैर पकड़ते हैं। कबड्डी खेल उत्तर भारत में आज भी खेला जाता है। इसके अलावा पड़ोसी देशों में भी खेला जाता है।

हॉकी

हॉकी तो भारत का राष्ट्रीय खेल है। हॉकी का प्रारंभ ईसा पूर्व दो हजार साल हुआ था। यह खेल भारत के अलावा अन्य जगहों पर भी खेला जाता है, लेकिन जो सम्मान इसे भारत में मिला, और कहीं नहीं मिला। 19वीं सदी के प्रारंभिक काल में भारत में इस खेल के विस्तार का श्रेय ब्रिटिश सेना को जाता है। एक स्वाभाविक खेल के तौर पर यह छावनी नगरों तथा उसके आस-पास खेला जाता था। जैसे लाहौर, जालंधर, लखनऊ, जबलपुर, झाँसी भारतीय हॉकी के गढ़ थे।

खो-खो

यह एक अनूठा स्वदेशी खेल है, जो युवाओं में ओज और स्वस्थ संघर्षशील जोश भरनेवाला है। यह खेल पीछा करनेवालों और प्रतिरक्षक

दोनों में अत्यधिक तंदुरुस्ती, कौशल, गति और ऊर्जा की माँग करता है। खो-खो किसी भी तरह की सतह पर खेला जा सकता है। खो-खो मैदानी खेलों का सबसे प्राचीनतम रूप प्रागैतिहासिक भारत में मिलता है। यह खेल मुख्य रूप से आत्मरक्षा, आक्रमण एवं प्रत्याक्रमण के कौशल को विकसित करने के लिए इसकी खोज हुई थी।

कुश्ती

भारतीय महाद्वीप में प्रचलित कुश्ती का नाम पहलवानी है। जो व्यक्ति पहलवान होता था, वही कुश्ती किया करता था। इस खेल का उद्भव मल्लयुद्ध से हुआ है। मल्लपुराण 13वीं सदी में रचित एक ग्रंथ है, जिसमें मल्लयुद्ध का विस्तृत वर्णन है। इसमें कुश्ती के विभिन्न प्रकार, तकनीक के अलावा मुक्केबाजी की तैयारी के बारे में जानकारी है। इसमें पहलवानों को विभिन्न मौसमों में खाने की विभिन्न खुराकों के बारे में भी बताया गया हैं। मल्लयुद्ध चार प्रकार के होते हैं, जो प्रत्येक महापुरुषों के नाम पर है। हनुमंती तकनीकी श्रेष्ठता पर आधारित है, तो जांबवंती प्रतिद्वंद्वी को आत्मसमर्पण के लिए मजबूर करने, जरासंधी को अंगों तथा जोड़ को तोड़ने के लिए तथा भीमसेनी तो विशुद्ध रूप से ताकत पर केंद्रित है।

मलखंभ

यह भारत का पारंपरिक खेल है, जिसमें खिलाड़ी लकड़ी के एक उर्ध्व खंभे या रस्सी के ऊपर तरह-तरह के करतब दिखाते हैं। वस्तुत: इसमें प्रयुक्त खंभ को मल्लखंभ कहा जाता है।

इन खेलों के अलावा तैराकी, भालाफेंक, तलवारबाजी आदि खेलों का उद्भव भारत में हुआ, जो कालांतर में विश्व के विभिन्न भागों में फैला।

स्मरण करें कि कौन खेल खेला है आपने?

लंघाता-लंघाता	चुड़ी-चाई	सुतउवल	आस-पास
बईठउवल	गुल्ली-डंडा	घुघुआ-मन्ना	हरवा-तिसिया
पिटटो	गुड़-गुड़	मदन गोपाल की	लट्टू
बालू का टीला	डेंगा पानी	विष-अमृत	काला चोर
रस्सी कूद	झूला	बोरा दौड़	टीला
बम पिट्टो	सतघरवा	चिका-चिकी	सुई धागा दौड़
नाटरघीसा	चिका-चिकी	जलेबी दौड़	कुरसी दौड़
सतबीती	मुरगा युद्ध	काग-दुरुस	पवरिया-पवरिया
छूंछी	गोली	गोली मुठ	गोटी
डगरौनी	चूँटा-चूँटा	चाई-चूड़ी	गिदली
जवनकी कबड्डी	पानी में ईंट	भष्मासुर	नेता कौन
बुढ़िया कबड्डी	खोजना	नौ गोटिया	लँगड़ी दौड़
चौबीस गोटिया	लाली	धुरिया विचार	फितिंगी-फितिंगी
सिरगिटना	अंकिल गुम	गुड़िया-पुतरी	खूजाकाट
खो-खो	गुड्डी-लटाई	ओका बोका	घोघोरानी
टैंक युद्ध	आँख मुदव्वल	मसाला पीसना	विद्युत की छड़ी
धूल सोना	डमरू दौड़	गणेश छू	बिछिया
चढ़नी चढ़ात	गरूण बाबा	आँख मिचौली	स्कंध युद्ध
बेटा-बेटी	भड़ोका	नमस्तेजी	पाँच गोटिया

विचित्र छू	बगुला मैनी	घाम की बदरी	चोर सिपाही
बाघ-बकरी	बुढ़िया भसभस	कौआ-कौआ	गाड़ी तीती
रेड़ी लड़ाना	बिच्छू डंक	कौआ ठोकर	हवाई जहाज
आव मोरा	चकवा-चकई	हाथ जोड़त	सोनामती
जादू टोना	घूप-छाँव	मैनी चुचुहिया	कित-कित
डोल्हा पाती	सिरबोय-बोय	राजा कोतवाल	बुझंती-बुझंती
चूहा-बिल्ली	बुढ़िया माई	पोसम पा	पोसम पा भाई
पकौड़ी-पकौड़ी	कागज की नाव	कमल फूल	सूर
आइस-पाइस	छुआ-छुअंत	इचिक दाना	दही-चूड़ा

□

झारखंड के विलुप्त परंपरागत खेल

झारखंड जंगल का प्रदेश है। यहाँ की संस्कृति एवं सभ्यता में नृत्य, गीत और रीति-रिवाज की समृद्ध परंपरा रही है। यहाँ नृत्य और संगीत में भी खेल है। यहाँ कुछ खेल बच्चों के हैं तो कुछ बड़ों के लिए। ये खेल घर-आँगन से लेकर अखरा-जतरा, खेत-खलिहान, वन, नदी, तालाब एवं वृक्षों तथा गलीकूचे में भी खेले जाते हैं। झारखंड में कुछ खेल मौसम आधारित हैं। झारखंड प्रदेश भी आधुनिक खेल के प्रभाव से अपने परंपरागत खेलों को भूलता जा रहा है। यहाँ के पारंपरिक खेल को अब नई पीढ़ी भूलती जा रही है, इस कारण ये खेलों अब विलुप्ति के कगार पर पहुँच गए हैं।

झारखंड में खेलों का वर्गीकरण मौसम के आधार पर किया गया है। वर्षा ऋतु में मिट्टी गीली होती है, गाँव के बच्चे मवेशी चराने जाते हैं, तो खेल भी उसी प्रकार के होते हैं। वर्षा ऋतु में खेले जानेवाले खेलों में हुकुड़ लुंबा, राउद कइर दे, लुकलुकवेइर, कबड्डी, घोघोरानी, अतरालो पतरालो आदि प्रमुख हैं। ठंडे मौसम में गुगूचू, कुटा चाउर पुरलक, पगहा जोरी जोरी, चि बिरनी आदि खेल खेले जाते हैं, जबकि ग्रीष्म ऋतु में चाल गोटी, लोका गोटी, इमली के बीजों से चियाँ खेल खेला जाता है। चियाँ पेड़ के नीचे आराम करते हुए खेला जाता है। यह प्राय: गरमी में खेला जाता है, वहीं शाम को जमीन पर खाना बनाने का खेल छुर खेला जाता है।

झारखंड, उड़ीसा और छत्तीसगढ़ के आदिवासियों का प्राचीन खेल काटी है। यह लकड़ी से बनी अर्धचंद्राकार वस्तु से खेला जाता है। इसमें नौ से 12 खिलाड़ी शामिल होते हैं। इस खेल को पुनर्जीवित करने के लिए टाटा स्टील विशेष कार्य कर रहा है। जनवरी 2008 में काटी प्रतियोगिता करवा कर इसके संरक्षण के प्रयास किए जा रहे हैं।

इसी प्रकार विलुप्त आदिवासी कठपुतली—चदर-बदर या चादर बदोनी खेल हैं। आदिवासी समुदाय के बीच यह मान्यता है कि मानव एक कठपुतली के समान है और उसकी डोर ईश्वर के हाथ में है। यह खेल भादो माह से जुड़ा है। यह खेल 30 साल पूर्व ही विलुप्ति के कगार पर पहुँच चुका है।

टाटा स्टील परंपरागत खेल के साथ एडवेंचर्स खेलों को बढ़ावा देने के लिए काम करता है। आदिवासियों के परंपरागत खेल तीरंदाजी को बढ़ावा देने के लिए 1996 में टाटा तीरंदाजी अकादमी का गठन किया गया। इसमें झारखंड के आदिवासी के अलावा असम, मिजोरम, मणिपुर और मेघालय आदि राज्यों के जनजातीय युवाओं को प्रशिक्षण दिया जाता है। प्रतिभाशाली बच्चों में फुटबॉल को बढ़ावा देने के लिए 1987 में टाटा फुटबॉल अकादमी का गठन किया गया। एवरेस्ट की चोटी पर पहुँचनेवाली पहली महिला बछेंद्री पाल झारखंड से ही जुड़ी हैं।

झारखंड के जनजातीय इलाकों में लगनेवाले ग्रामीण हाट-बाजारों के अलावा कई जगहों पर परंपरागत खेल मुरगा-लड़ाई बेहद लोकप्रिय है। हालाँकि समय के अनुसार इसमें काफी बदलाव आ गया है। इसमें अब घुड़दौड़ की तरह लाखों रुपए के दाँव लगाए जाते हैं। कई इलाकों में इसकी प्रतियोगिता आयोजित की जाती है। माना जाता है कि मुर्गा लड़ाई आदिवासी समाज की संस्कृति का एक अभिन्न अंग है। पूर्व में इसका आयोजन मनोरंजन के लिए किया जाता था। इसी प्रकार मनोरंजन के लिए जनी शिकार नामक खेल भी आदिवासी समाज में लोकप्रिय

रहा है। इसमें आदिवासी समाज जानवरों का शिकार करते हैं और इस आयोजन से मनोरंजन करते हैं। आदिवासी समाज में लट्टू का खेल भाँवरा नाम से, हॉकी को फोदा नाम से खेला जाता है। उसी प्रकार लाठी भाँजने का खेल विशेषकर रामनवमी के अवसर पर, रूमाल छिपाने का खेल, लकड़ी और चमड़े से बने गुलेल से खेल, हथेली पर ताली मारने का चटापटा खेल, ऊँचे स्थान से फिसलने का घसरी खेल, गुडी उड़ाने का खेल, तीर-धनुष का खेल, रस्सी में पत्थर या ढेला बाँधकर दूर तक फेंकने का ढेलकुसी का खेल यहाँ के समाज का अभिन्न अंग रहा है।

झारखंड के विलुप्त खेलों में बित्ती है, जिसे गुल्ली-डंडा का प्रतिरूप कह सकते हैं। यह क्रिकेट की तरह ही खेला जाता था। बित्ती के भी कई प्रकार हैं, मसलन—ताड़ी बित्ती, लंगड़ बित्ती, बित्ती आदि।

बित्ती

एक जमाने में झारखंड के युवाओं में बित्ती खेल का जबरदस्त उत्साह था। यह क्रिकेट का झारखंडी स्वरूप है। इसमें रन संख्या बनाने के समान खिलाड़ी कोरी यानी 20 की संख्या को बढ़ाने का प्रयास करते हैं। कभी-कभी तो बित्ती का खेल खेलते हुए खिलाड़ी एक गाँव से दूसरे गाँव तक पहुँच जाते थे। और हारनेवाले खिलाड़ी या दल को वहाँ से मूल खेल स्थान तक बित्ती चिल्लाते हुए लौटना पड़ता था। इसमें सही निशान पर मारने, गिल्ली को मारने से न चूकने, गिल्ली को लोकने यानी कैच करने, गिल्ली को कितनी बार बिना गिराए मार सकते है, इस बात का प्रदर्शन किया जाता था। इसमें दौड़ की क्षमता बढ़ाने, माथे पर गिल्ली के मारनेवाले डंडे को बिना किसी सहारे के रखकर तथा बिना गिराए खेल स्थान पर पहुँचने की क्षमता बढ़ाने का अच्छा साधन एवं खेल है।

एक दो तीन इंच के डंडे के टुकड़े के दोनों छोरों को नुकीला बना दिया जाता है। और एक साथ एक बित्ता के डंडे से नुकीले भाग पर

मारकर गिल्ली को उछाला जाता है और डंडे से गिल्ली पर जोर से मारा जाता है, ताकि अधिक-से-अधिक दूरी तक गिल्ली जा सके। वहाँ से डंडे से घुमाते हुए नापते हुए खेल के आरंभ स्थल तक पहुँचना होता है। इसमें देखा जाता है कि कितनी संख्या की माप हुई। इसमें विपक्षी दल के सदस्य डंडे से मारी गई गिल्ली को लोकने यानी कैच करने के लिए तैयार होते हैं, गिल्ली को यदि हवा में कैच कर लिया जाता है तो डंडा से गिल्ली चलानेवाले खिलाड़ी की पारी खत्म हो जाती है। इस प्रकार सभी सदस्यों को मौका मिलता है। जब एक पाली खत्म होती है, तो दूसरे विपक्षी को डंडे से गिल्ली मारने का अवसर मिलता है। इसमें जिस भी दल को ज्यादा कोरी मिलता है, वह विजयी घोषित किया जाता है।

ताड़ी बित्ती—ताड़ी बित्ती के खेल में नुकीली बित्ती के स्थान पर दो इंच का सीधा कटा डंडे का टुकड़ा होता है। मारनेवाला डंडा वहीं सवा हाथ का होता है। इसमें सात की संख्या में एक पुल्ली या रन होता है। इस सात संख्या को एड़ी, दूड़ी, तिड़ी, चौड़ी, चंपा, शेख, सुदेश के नाम पर गिना जाता है। इसमे गिल्ली के गिरने की जगह से डंडे से घुमाते हुए खेल के आरंभ स्थल तक नापते हैं। इस खेल का एक रोचक पहलू है कि यदि नापते हुए आरंभ स्थल के पहुँचने तक अंतिम संख्या एड़ी हुआ तो पैर के पंचे के ऊपर गिल्ली को रखकर पैर से उछालते हैं और डंडे से गिल्ली को मारते हैं। यहाँ भी विपक्षी दल गिल्ली को कैच करने की कोशिश करता है। यदि माप में खेल के आरंभ स्थल तक गिनती का अंत दूड़ी हुआ तो बाएँ हाथ की दो अंगुलियों में गिल्ली को रखकर उछाला जा है। तिड़ी होने पर तीन अंगुलियों में गिल्ली को रखकर उछाला जाता है। चौड़ी होने पर चार अंगुलियों में गिल्ली को रखकर उछालते हैं। शेख में डंडे के अग्रभाग का थोड़ा सा हिस्सा छोड़कर पकड़ा जाता है। और सुदेश होने पर उल्टे डंडे के अंतिम छोर को पकड़ा जाता है। शेष खेल बित्ती की तरह ही होता है।

लंगड़ बित्ती—यह मूलतः लड़कियों का खेल है। यह प्रायः आँगन, मैदान, अखरा आदि में दो कतार में सात-सात खाने बनाते हैं। खेल के आरंभ में मीर, दूज, तीज क्रमशः कहा जाता है। जो मीर पहले कहती है, वह पहले फिर दूज फिर तीज इसी क्रम से खेलती हैं और अधिक-से-अधिक खाने जीतने का प्रयास करती हैं।

हादा पोटा या ठेगा उटकवइल—यह चरवाहे बच्चों का वर्षा काल का खेल है, जो चारागाह मैदान में खेला जाता है। इस खेल में एक लड़के के डंडे को अपने-अपने डंडे से हुटक-हुटककर दूर फेंकते जाते हैं। गिरा हुआ डंडावाला इस बीच बाकी को छूता है। लोग उसके छूने के पूर्व हादा पोटा कहकर घास या पत्थर या अन्य किसी वस्तु जिसका निर्धारण पहले कर लिया जाता है, पर अपने डंडे की नोक को रख देते हैं। जो लड़का रख नहीं पाता है, उसे वह लड़का छू देता है। तब उस लड़के को जमीन पर डंडा हुटकाने के लिए रखा जाता है। गिरे हुए डंडे को हुटकते-हुटकते बहुत दूर तक ले जाया जाता है। किसी को पकड़ लेने पर वह अपने डंडे को सिर पर रख कर खेल आरंभ स्थल तक लाता है।

ठेंगा गबचवइल—यह भी वर्षा काल का खेल है, जो जमीन के गीला होने पर ही खेला जाता है। इसमें चरवाहे बच्चे अपने-अपने डंडे को तीव्रता से जमीन की ओर फेंकते हैं कि वह जमीन में गड़ जाए और दूसरे डंडे को काटे या क्रॉस करें। जितनी पर वह डंडा काटेगा, उसे वह उठाता जाएगा। सबसे ज्यादा काटनेवाला विजयी होता है।

धापी—वर्षाकाल में बच्चे बालू की आड़ बनाकर उसमें तिनका छिपाते हैं। दूसरा लड़का या खेलनेवाली लड़की अपने अनुमान से तिनका छिपे के ऊपर दोनों हाथों से ढक देती है। तिनका अगर हाथ से बाहर निकल जाए या दिख जाए तो वह खिलाड़ी हार जाता है। ढके हाथ से तिनका निकला, तो वह व्यक्ति विजयी होगा। आगे का खेल फिर

जीतनेवाला खेलता है। इस खेल को खइटकुल लुकवइल भी कहते हैं।

घोघोरानी—इसमें बालिकाएँ घेरा बनाकर खेलती हैं। इस खेल में घोघोरानी सुपली/ठेहुना/डंडा/छाती/घेंचा/मुंड छपछप पानी बोलते हुई पानी की मात्रा बताती है। बीच वाली लड़की घेरे को तोड़कर भाग जाती है और बाकी लड़कियाँ उसको पकड़ने का प्रयास करती हैं। इसके बाद दूसरी लड़की की बारी आती है।

आंठरव मुंदवइर खइटकुल—एक लड़की की अंजुली में बालू भरकर उसमें तिनका गाड़ दिया जाता है। फिर उसकी आँखों को बंद कर घुमाया जाता है। इसके बाद कहीं दूर में उस अंजुली के बालू और तिनके को फेंक दिया जाता है। इसके बाद उसको खेल के स्थान पर लाकर आँख खोल दी जाती है। आँख खुलने के बाद अंदाज से फेंके गए बालू तथा तिनके को ढूँढ़ने का प्रयास किया जाता है। अगर खिलाड़ी ढूँढ़ लेता है, तो विजयी घोषित किया जाता है।

झेलुका—किसी पेड़ की लंबी और नजदीक की डाली के अग्रभाग में एक लड़का और लड़की बैठते हैं। बाकी उस डाली में लटककर हिलाते-हिलाते छोड़ देते हैं। जिससे डाली नीचे और ऊपर की तरह झूलती रहती है।

झलकउवा—वर्षा काल में तालाब और नदी पानी से भर जाते हैं, तब बच्चे तालाब और नदी के किनारे पत्थर या खपड़ैल के टुकड़े यानी खपटी को पानी में इस तरह उछालते हैं कि वह पानी की सतर पर तैरते हुए आगे बढ़ता है। इसमें देखा जाता है कि किसकी खपटी पानी में दूर तक जाती है।

पानी में छुवा छुवी—बरसात में नदी जब पानी से भर जाती है तो बच्चे पानी में तैराकी के साथ इस खेल को खेलते हैं। इसमें बच्चे पानी के अंदर ज्यादा देर तक बिना साँस के रहने का प्रयास करते हैं। इस खेल को नकडुबकी कहा जाता है। पानी में तैरते हुए एक-दूसरे को छूने

का भी खेल खेला जाता है। कभी केले के थंभ की नाव बनाकर तैराकी प्रतियोगिता की जाती है। कभी-कभी पेड़ से नीचे तालाब या नदी में कूदने का खेल खेला जाता है।

चाल गोटी—इसमें पत्थर के सौ टुकड़े होते हैं। दो पंक्तियों में पाँच या सात गड्ढे बनाए जाते हैं। इनमें से प्रत्येक गड्ढे में पाँच-पाँच गोटियाँ सजाई जाती हैं। दोनों तरफ एक-एक खिलाड़ी बैठते हैं, और गोटी चलने का दौर शुरू हो जाता है।

डेगवइल—बालू वाले स्थान पर किसी ऊँची जगह से या पेड़ से कूदकर खेला जाता है।

लुकाछिपी—घर के आसपास बच्चे लुकाछिपी खेलते हैं। एक बच्चा 10, 20, 30, 40 या 50 तक गिनता है। इस दौरान उसकी आँखें दीवार की ओर होती हैं या बंद रखा जाता है। इस गिनती के दौरान अन्य बच्चे छिप जाते हैं। गिनती पूरी होने के बाद छिपे बच्चों को खोजने की प्रक्रिया शुरू होती है।

धूर—इसमें खेलनेवालों की संख्या के आधार पर जमीन पर खाने बनाए जाते हैं। उसमें एक खाना नमक घर होता है। हरेक खाने की लकीर पर एक दल के पहरेदार होते हैं। दूसरा दल इन खानों में घुसने का प्रयास करता है। नमक वाले खाने में प्रवेश कर नमक लेकर अपने दल को देकर निकलने में कामयाब हो जाता है, तो वह दल विजयी होता है।

चाइलगोटी/सतघरवा—दो कतार में सात-सात छोटे-छोटे गड्ढे बनाए जाते हैं। हर गड्ढे पर पाँच-पाँच गोटियाँ डाली जाती हैं। दोनों ओर एक-एक खिलाड़ी होता है। पहला खिलाड़ी अपने भाग के किसी गड्ढे से गोटियाँ निकालकर आगे एक-एक गड्ढे में एक-एक डालता जाता है। जहाँ खत्म होता है उसके आगे की गोटियों को वैसे ही आगे के गड्ढों में देता जाता है। इस क्रम में जहाँ गोटी खत्म होती है, उसके आगे का गड्ढा खाली रहता है तो उसके आगे के गड्ढे की सारी गोटी जीतकर

अपने पास निकालकर रख लेते हैं। इस तरह से जो सबसे अधिक गोटी जीतता है, उसको विजयी माना जाता है।

लोका गोटी—यह लड़कियों का देहाती खेल है। इसमें पाँच गोटियों को अपनी हथेली के दोनों छोर पर उछालकर लोकती हैं। इसके अलावा हाथी झपटा खेल में गोटियों को लोकते हुए यानी कैच करते हैं। जब गोटी ऊपर जाती है, उस दौरान नीचे रखी गोटी को दूसरे हाथ से बने पुल के नीचे से गोटियों को पार कराते हैं। जो सारी गोटियों को पार करा देता है, वह सफल माना जाता है।

डोलापाती/दूध छाली—यह खेल बागीचे में होता है। एक गोल घेरे में एक छोटा डंडा रखा जाता है। एक खिलाड़ी अपने पैर उठाकर नीचे से डंडे को दूर फेंकता है। बाकी खिलाड़ी पेड़ पर चढ़ जाते हैं। नीचे का लड़का बिना पेड़ पर चढ़े अन्य लड़कों को छूने का प्रयास करता है। इस बीच कोई लड़का पेड़ से उतरकर उस डंडे को नीचे बने घेरे में लाकर रखने का यत्न करता है। अगर वह घेरे में डंडे को रख देता है, तो नीचे का लड़का हार जाता है। और उसे फिर वैसा ही करना होता है। और यदि वह पेड़ पर बैठे लड़कों में से किसी को छू देता है, तो वह लड़का नीचे आ जाता है। इसमें नीचे के लड़के से पूछा जाता है कि दूध लोगे, या छाली। दूध कहने से नजदीक और छाली कहने से डंडे को दूर फेंका जाता है। पेड़ पर बंदर की तरह उछलना, एक डाली से दूसरी डाली पर जाने के इस खेल के लिए मजबूत डाली वाले पेड़ का चयन किया जाता है।

गोली खटवइल—गोली एक चौकोर घेरे पर रखी जाती है। दूसरा अएनी गोली दूर से चौकोर के पास फेंकता है। जहाँ से वह अपनी गोली से चौकोर के अंदर की गोली को मारकर निकालता है। इसमें हाथ की अंगुलियों से गोली मारी जाती है। इस तरह गोलियों को मारते बहुत दूर तक ले जाया जाता है। मारने से चूकने पर उसकी पारी समाप्त हो जाती

है। घेरे के अंदर वाली गोली की पारी आती है।

गुचू—इसमें छोटा गबुल गड्ढा बनाया जाता है। उसमें खेलनेवाले अपनी-अपनी गोलियों को पीलाते हैं। सभी खेलनेवाले अपनी गोलियों को गबुल में एक साथ फेंकते हैं। और उस गोलियों के ढेर में से चिह्नित को बड़ी गोली से मारना होता है। सही मारने पर सारी गोली वह जीत जाता है। नहीं तो दूसरे खिलाड़ी की पारी आती है।

उल्हा—इसमें बालू के ढेर वाले स्थान पर बीच में एक लकीर खींच दी जाती है। दो दल दोनों ओर से होते हैं। पहला दल दूसरे दल के लोगों के पैर को अपने पैर से हलका मारता है। दूसरा दल अपने पैर को बचाने की कोशिश करता है। जिस व्यक्ति का पैर छू जाता है, वह खेल से बाहर हो जाता है। इस तरह पूरा निकल जाने के बाद पहला दल विजयी घोषित किया जाता है।

असरा लो, पसरा लो—इस खेल में गाँव की लड़कियाँ एक कतार में पाँव पसारकर बैठ जाती हैं। उसमें से हाथ पैरों के ऊपर डुला-डुलाकर असरा लो पसरा लो का गीत गाती जाती हैं। फिर उन पैरों के ऊपर एक बच्ची सो जाती है। पाँव पसारनेवाले अपने हाथों से उस सोनेवाली बच्ची को मच्छर की तरह काटते है। फिर वह बच्ची उठकर उन पाँवों के बीच धान सुखाती है। धान कूटती है। चावल बनाती है। माड़ पसाती है। यह सब एक पैर पर दूसरे पैर को रखकर किया जाता है।

रैंचा—एक साल के खूँटे को गाड़ दिया जाता है। उसका ऊपरी भाग नुकीला होता है। नुकीले भाग में एक मजबूत साल की लंबी लकड़ी तराजू की तरह लगा दी जाती है। दोनों छोर पर एक-एक बच्चे हाथों से झूलते हुए घूमते हैं, गोलाकार घूमते हुए आनंद की अनुभूति करते हैं। इसे रैंचा कहा जाता है।

आंइख मुंदवहर धरेक—इसमें बच्चों के बीच एक बच्चे की आँखों को रूमाल या गमछा से बाँध दिया जाता है। बाकी बच्चे आँख बंधे बच्चे

के सिर पर अंगुली का ठोकर देकर भागते हैं। अंधा बना बच्चा अपने दोनों हाथों से मारनेवाले को पकड़ता है। पकड़ से बचने के लिए बच्चे इधर-उधर भागते हैं। जो बच्चा पकड़ाता है, उसे अंधा बनना होता है। इस तरह खेल आगे बढ़ता रहता है।

घुघुचू—इसमें बड़े बच्चे अपने पाँव झुलाकर ऊँचाई पर बैठते हैं। छोटे बच्चे को पाँव पर बैठाकर उसे घुघुचू पाण्डू चू कह-कहकर झुलाते हैं।

गुगूचू—घुघुचू की तरह गुगूचू में किशोर उम्र के बच्चे अपनी पीठ पर छोटे बच्चों को चिपकाकर आगे-पीछे घूमते हैं।

कुटा चाउर पुरलक—बच्चियाँ बालू में गड्ढा खोदकर बालू को ही धान मानकर लकड़ी से कूटते हुए कहती हैं—

उठ बेटी उठ
कुटा चाउर पुरलक, पुरलक...

धान कूटना ग्रामीण जीवन का अभिन्न हिस्सा है। और इस अभ्यास से वह भावी जीवन की तैयारी करती है।

आठू घिरनी—पके आम की गुठली को बीच में दो छेद कर मोटे मजबूत धागे से जोड़कर दो हाथ लंबा बना लिया जाता है। दोनों धागे के छोर पर दोनों अँगूठे फँसाकर घुमाया जाता है। फिर दोनों अँगूठों से हलका-हलका खींचने और ढीला करने से गुठली बड़ी तेजी से उलटा सीधा घूमती है। इस आठू घिरनी का मजा छोटे बच्चे को बहुत आता है।

पतई घिरनी—कटहल पत्ती को पंखे की तरह काट लेते हैं। बीच में एक गोल पत्ती काटकर साथ में तिनके से छेद कर देते हैं। अब दूसरी कटहल की पत्ती का चोंगा बनाकर पंखे बने पत्ते को तिनके सहित डालकर हवा का रुख देखकर दौड़ने से पत्ती पंखे की तरह घूमती है।

चि बरनी—इसमें लड़कियाँ गोलाई में एक-दूसरे का हाथ पकड़कर घूमती हैं और नाचती हुई गाती हैं—

चि बिरनी बिरनी, बुदा तारे बिरनी बुदा तारे···
आयो के देवों कि, बाबा के देबों के
के सारी झोंपा, कि के सारी झोंपा।

झोंपा कहते हुए उछलकर पैर पटकती हैं। यह श्रमसाध्य खेल है, जिसमें बच्चियाँ खेलने के बाद थक जाती हैं।

पगहा जोरी जोरी—जाड़े के दिन में दौड़ धूप और थकानेवाला यह बच्चों का खेल है। जाड़े के दिन में जब प्रवासी पक्षी मैदान में सर के ऊपर से गुजरते हैं, तो यह प्रयास किया जाता है कि उतनी ही देर में घास की सात गाँठ बाँध ली जाए। गाँठ बाँधने के क्रम में बच्चे चिल्लाते हैं—पगहा जोरी जोरी रे घाटो···।

लुकलुकवेइर—इसे छोटी बच्चियाँ प्राय: खेलती हैं। इसमें बालू जमाकर लकीर या अन्य चिह्न बनाए जाते हैं। बालू के ढेर में कोई पदार्थ या पत्ता छिपाया जाता है, जिसको कोई अन्य बच्चा खोजता है। चूँकि खेलनेवाले बच्चों को गिनती नहीं आती है, अतएव जीतनेवाली बच्ची एक मुट्ठी बालू का ढेर लगाती जाती है। जिसका ढेर ज्यादा होता है, वह विजयी घोषित किया जाता है।

हुकुड़ कुंबा—गीली मिट्टी या बालू को पैर पर चढ़ाया जाता है। फिर उसको हाथ से थापकर मजबूत बनाया जाता है। इसके बाद पैर को धीरे-धीरे बालू या मिट्टी से बाहर निकाल लिया जाता है। इससे कुंबा यानी घर बनाया जाता है। इसके बाद कुंबर के चारों ओर बाग, कुआँ, फुलवारी बनाने का काम किया जाता है।

□

संदर्भ ग्रंथों एवं पत्र-पत्रिकाओं की सूची

1. शारदा नंद प्रसाद, खेल खेलाड़ी आ ओकर बोल, भोजपुरी साहित्य मंदिर, गंगा प्रेस जगतगंज, वाराणसी जनवरी 1971
2. रामशरण शर्मा : प्राचीन भारत, एनसीइआरटी कक्षा–11 प्रथम संस्करण, 1990
3. ए.एल. बाशम, अद्‌भुत भारत, शिवलाल अग्रवाल एंड कंपनी आगरा।
4. हरिश्चंद्र वर्मा, मध्यकालीन भारत हिंदी माध्यम कार्यान्वयन निदेशालय नई दिल्ली, 1992
5. झा एवं श्रीमाली, प्राचीन भारत के इतिहास, हिंदी माध्यम कार्यान्वयन निदेशालय दिल्ली विश्वविद्यालय।
6. विद्यानिवास मिश्र, भारतीय चिंतनधारा : प्रभात प्रकाशन।
7. दयानिधि मिश्रा, लोक और शास्त्र, अन्वय और समन्वय, वाणी प्रकाशन, 2115
8. शारीरिक शिक्षाक्रम, माधव प्रकाशन, हेडगेवार भवन, नागपुर।
9. चंद्रशेखर चकोर, छत्तीसगढ़ के पारंपरिक लोक खेल, प्रकाशन–पुद्यव मंच रायपुर 2004।
10. मुरारी प्रसाद, भारत के परंपरागत खेल, प्रभात खबर, 05 दिसंबर, 1999।

11. अनिरुद्ध जोशी शतायु , टॉप 12 खेल जो भारत में जनमे, हिंदी वेब दुनिया डॉट कॉम।
12. पारंपरिक खेलों पर मँडरा रहे संकट के बादल! प्रभात खबर 13 जनवरी, 2016।
13. देवेंद्र सिंह, अब गाँव के लड़के भी नहीं खेलते पारंपरिक खेल, 11 जनवरी, 2017, गाँव कनेक्शन डॉट कॉम।
14. एल.एस. बिष्ट, कहाँ खो गए बचपन के वह खेल-जागरण जंक्शन डॉट कॉम।
15. पूजा सिन्हा, बचपन में खेल-खेल में मिली जीवन से जुड़ी महत्त्वपूर्ण सीख, ऑनली माइ हेल्थ डॉट कॉम 03 फरवरी, 2016।
16. प्रभास जोशी, खेल सिर्फ खेल नहीं है, राजकमल प्रकाशन 2008।
17. परशुराम ठाकुर ब्रहवादी : व्रिकमशिला का इतिहास
18. विवेक राय : नमामि ग्रामम्, विद्या विहार, नई दिल्ली।